U0138034

后浪电影学院 231
POST WAVE FILM ACADEMY

诗 原创剧本

Poetry

［韩］

李沧东

著

田禾子

译

民主与建设出版社
·北京·

PRIX DU SCÉNARIO
FESTIVAL DE CANNES

第 63 届戛纳国际电影节最佳编剧获奖作品

奖项与荣誉

第 63 届戛纳国际电影节最佳编剧

第 47 届韩国电影大钟奖最佳电影、最佳编剧、

最佳女主角（尹静姬），最佳男配角（金熙罗）

第 47 届百想艺术大赏最佳导演

第 30 届韩国电影评论家协会最佳电影、最佳编剧

第 19 届釜日电影节最佳电影、最佳编剧

第 8 届韩国电影大赏最佳电影、最佳导演、最佳编剧

第 25 届弗里堡国际电影节金雀奖、评论家奖

第 5 届亚洲电影大奖最佳导演、最佳编剧

第 4 届亚太电影大奖最佳导演、最佳女主角

第 31 届青龙电影节最佳女主角

第 2 届韩国年度电影奖最佳作品

第 6 届韩国大学电影节最佳作品

第 37 届洛杉矶影评人协会奖最佳女主角

《芝加哥论坛报》2011 年最佳电影

入选美国 CNN 2011 年十佳电影

比利时女性电影人协会年度电影奖

韩国电影记者评选出的最佳电影

2010 年电影人最佳电影第 1 名

入选第 1 届韩国映像资料院（KOFA）值得关注的韩国电影

为了写诗，我们要仔细看。
我们生活中最重要的就是看。
仔细看这世上所有的东西非常重要。
——电影里诗人的台词

这部电影不能拍得漂亮精致。
应该最大限度避免拍摄流于表面的视觉上的美。
原原本本地展现我们日常生活中的东西，比如洗碗池，
让观众自己去寻找"真正的美"。
如果真有这种东西的话……
——李沧东导演的手记

致中国读者

《诗：原创剧本》在中国出版，与中国的电影爱好者和读者们见面，我真的很高兴，也十分感激。

中韩两国人民共享许多精神、文化之根。我也从学生时代开始读了很多伟大的中国诗人的诗，在诗中长大。这些阅读启发了我对文学的感受，也使我拥有欣赏美的眼睛。

《诗》这部电影讲述了人生第一次想写一首诗的女人的故事。她逐渐明白写一首诗是多么艰苦且盲目的冒险，但这绝不仅仅是因为她患上了阿尔茨海默病，逐渐遗忘单词。她试图寻找能让人写出诗的真正的美，却不得不直面肮脏丑陋的现实。

在现实的肮脏与痛苦中如何找到真正的美？这种美有什么意义？这是我从做文学专业学生时起就不断自问的本质问题。也许，这也是对所有艺术家的提问：我所创作的艺术能为对抗这世界的绝对不幸或人性之恶做些什么？应该如何寻找真正的美？

在这部电影中，我向观众提出问题，希望观众们可以找到答案。

电影中，诗人说仔细看很重要。我认为不仅对于写诗是这样，如何观察世界也是创作电影的本质。

电影代替观众的眼睛展现世界。但我们创作的电影是以何种视角向观众展现世界的呢？这是电影创作者无法避开的问题。我希望中国的读者和观众读完这本剧本书后，与我们一起思考。

2023 年 11 月

李沧东

愿你也能感受这份美丽

我们称为美的东西，总是先于语言产生，又停留在语言之外。也许诗也是这样。诗为何物，或者什么不是诗，在我们下这样定义的瞬间，诗就会露出灿烂的笑容，越过所有定义。

如若有人认为自己抓到了诗的一角，想把它据为己有，诗就会像影子一般站到正相反的方向，浸入冰冷的路面。谁都可以拥有，又谁都不能独占。当然，电影、音乐、精神或爱情等也都是这样的。

电影《诗》并没有给诗下一个定义，也没有把它滑稽化，更没有编造任何过程。电影用诉说什么不是诗的方式，来让观众感受什么是诗，因为"不管是什么，只有真正看到，才会自然而然感受到"。

今天，我阅读着写成文字的《诗》的剧本，重新感受诗是什么。剧本应该比电影更早诞生，但现在它已经越过电影之外了。"愿在某个阳光灿烂的清晨，我再次醒来，睁开惺忪的双眼，遇见站在床头的你"的这份美丽，愿你也能感受到。

诗人朴瀋

P O E T R Y

Original Scenario by Lee Chang-dong

凡例

- 本书中收录的原创剧本，以李沧东导演编剧并执导的电影《诗》（2010）的最终版剧本为基础，对照影院公映版电影拷贝（最终版成片）修改了部分台词与表演提示。从附录中特别收录的"剧情梗概"与"故事大纲"，可以更为具体地体会李沧东导演的初期构思。

- 本书原则上遵循韩国国立国语院的韩文拼写法，例外之处是将"신"（scene）写为"씬"（sscene）。同时，为了更符合角色的个性，作品中出场人物的台词保留了作者原来的语法。

- 本书中出现的主要剧本术语如下：

  插入镜头（Insert）：在一场戏的进行过程中，为强调特定事物或情况而插入的画面。

  画外音（O.S.: Off-screen Sound）：画面中看不到人物，只能听到声音。

  榻榻米镜头（Tatami shot）：以极低机位拍摄的镜头。源自日本电影导演小津安二郎的独特拍摄手法。

  向上摇（Tilt-up）：摄影机位置不动，机身上摇拍摄的手法。

  向下摇（Tilt-down）：摄影机位置不动，机身下摇拍摄的手法。

  切至（Cut to）：切换镜头。

  滤波器（F: Filter）：经过滤波器传来的声音，如从电话中传来的声音一般。

  横摇（Pan）：摄影机位置不动，机身左右摇动的拍摄手法。

  淡出（F.O.: Fade Out）：画面渐渐变暗。

  入画（Frame in）：人物等被拍摄物进入画面。

目录

作者的话

电影的命运与剧本

将剧本以书的形式出版并不常见。因为剧本就像电影的草稿，在拍成电影之后，似乎已经没有必要再细读剧本。但是，阅读剧本可以说是理解某些电影（也许是大部分电影）最好的方法。

电影是以剧本为基础，靠幕后工作人员和演员们的献身与创意，以及拍摄过程中制作与选择好的空间、天气、阳光等共同作用的结果。从这一点来看，电影比任何创作都更具有命运性。并不是说它朝着预定的结果奔去，而是说它经过了无数的偶然，最终到达了我们无法预测的必然结果。因此，电影完成之后再阅读剧本，反而更能理解电影在剧本完成后如何创造出自己的命运。

包括编剧和导演在内，所有参与这部电影的演员和工作人员都是影响这个命运的主体。在电影《诗》中，扮演主人公美子、在电影中赋予这个角色生命的尹静姬起到了决定性的作用。令人心痛的是，通过当时的一些情况推测，尹静姬女士在拍摄电影时，已经显现出了阿尔茨海默病的早期症状。她与电影中的主人公一样，在毫不知情的情况下已经患上了阿尔茨海默病。这是尹静姬女士可怕的命运，同时也是《诗》这部电影的命运。在此，我祝愿在巴黎被病魔折磨的她能度过平静安乐的时光。

虽然从创作剧本开始，我就考虑让尹静姬女士来演，而且尹静姬女士本人也说过，自己与主人公美子有很多惊人的相似之处，但其实剧本中的美子是以导演组采访取材为基础创作出的人物。甚至在很久以后，我才惊讶地得知，就连美子这个名字也与尹静姬女士的本名相同。

《诗》的剧本创作始于 2004 年发生在密阳的十多岁男孩们对女初中生集体性暴力的事件。我认为这个事件是对我们社会日常道德性的提问，我个人也将这个问题引申为对文学与电影这样的艺术（如果电影可以算作艺术的话）有何作用的提问。这个问题可以说是我作为作家、作为电影导演从未停止自问的本质问题：艺术与现实的痛苦究竟是何种关系，艺术是否可以改变现实。

对电影形式感兴趣的读者，在本书中可以感受到导演想打破电影和现实界限的意图在剧本中如何体现的趣味。比如，金龙泽诗人作为授课讲师在电影中出现，让学员们讲述自己"美丽的瞬间"这个情节，就不仅仅是停留在电影中的情节，而是超越了银幕的界限，意图直接与观众沟通。

如果是对叙事感兴趣的读者，这部电影也可以看作一个冒险故事。人生第一次想要写诗，对美子来说，就像寻找圣杯的旅途，是艰苦且盲目的冒险，更是一场赌上自己的一切、必须经过道德考验的冒险。

希望本书能尽量帮助读者理解叙事与电影这种媒

介。在此对推荐本书、写下优秀的评论文章、一起完成访谈的诗人朴瀞、评论家申亨澈、诗人克洛德·穆沙尔（Claude Mouchard），还有影评人李东振致以真诚的感谢。最后，ARLES 出版社决定出版本书，工作人员怀着对电影的热爱和认真的态度，一一仔细比对电影与剧本的台词和表演提示，出色地设计了本书，在此也对他们表示感谢。

2021 年 3 月

李沧东

阿格尼丝之歌

你那里怎么样

该有多寂寞啊

傍晚是否依然迎来晚霞

能听到飞进丛林中鸟儿的歌声吗

我始终无法寄出的信，你能收到吗

我无法说出口的告白，能传达给你吗

时光流逝，玫瑰会凋谢吗

现在到了作别的时间

像来又去的微风，像影子

未能许下的约定和直到最终都是秘密的爱

亲吻我那悲伤脚踝的一片草叶

还有跟随我的小小脚印

到了作别的时间

黑暗降临，还会再点起烛火吗

我祈祷

愿每个人都不再流泪

愿你知晓我曾多么深地爱你

夏日正午那漫长的等候

像父亲的脸一般古老的巷子

羞涩地背过身的孤独野菊花，也知道我多么爱你

你那低沉的歌声让我多么心动

我祝福你

在渡过黑色的江水前，用尽我灵魂的最后一口呼吸

我开始做梦

愿在某个阳光灿烂的清晨，我再次醒来

睁开惺忪的双眼，遇见站在床头的你

诗 Poetry

原创剧本

出场人物

梁美子（66 岁）

宗旭（16 岁）

姜老人（70 岁）

基范父（45 岁左右）

熙珍母（45 岁左右）

金龙卓诗人（63 岁）

朴尚泰（50 岁出头）

顺昌父（将近 50 岁）

赵美惠（40 多岁）

超市女人（40 多岁）

熙珍（16 岁）

宗旭的朋友们

家长们

诗朗诵会会员们

文学讲座学员们

医生 1、2

护士 1、2

秀玉（40 岁出头）

其他角色……

1. 江边（白天 / 外景）

序幕。南汉江支流的某个江边。阳光下江水波光粼粼，不断向画面前方涌来。可以看到江水两岸的森林和那头的群山，以及远处偶尔有车辆经过的高桥。在水声、风声、鸟叫声等自然的声音中，传来了正在无忧无虑玩耍的孩子们的声音。虽不像挂历上的风景照那样出众，却也是平凡又祥和、也许称得上"诗意"的美丽的地方。

江边沙地上，有几个看上去十来岁的孩子在玩耍。其中一个孩子玩着玩着停了下来，看向某处。他沉醉在美丽的江景中了吗？孩子的眼睛无法从奔涌不息的江水移开，就那样一动不动地站着注视江水。

终于，孩子慢慢走向水边。镜头跟随孩子的视线移动，好像有什么东西随着江水漂过来了。看起来像黑色的头发，被水泡到发青的白皮肤在阳光的照射下映入眼帘，那分明是一具尸体。被水浸湿的衣服看上去是女生校服。她的脸朝着水下，所以看不见，黑色的头发像水草一样披散开来，随着水波晃动。

在这具尸体上方出现片名《诗》。

2. 小城市（白天 / 外景）

俯瞰视角拍摄的小城市远景。南汉江穿流而过的某个京畿道的小城市。低矮的建筑错落地建在一起，城市看起来有些冷清，画面一侧穿城而过的江水反射着灿烂的阳光。风中传来微弱的警笛声。

3. 医院走廊（白天 / 内景）

插入镜头。壁挂式电视正在播放新闻。画面上是失去孩子的巴勒斯坦母亲在痛哭。正在进行激烈枪战的路上，人们搬运着被以色列军队枪击而死的青年的尸体。

一家中小规模医院的走廊，人们坐在等候厅的椅子上看电视。在等候的人中间，可以看到美子。她围着一条花哨的围巾，戴着帽子，但也不是一眼看上去觉得时髦的装束。突然响起了一阵手机铃声，美子赶忙翻自己的包，结果坐在她后面的人接起了电话。美子从包中拿出手机，看了一眼又放回包中。她与邻座的女人视线交会，美子露出微笑，但邻座的女人面无表情地扭过了头。

这时，诊疗室的门打开，护士走了出来。

护士1　　　　梁美子女士！
美子　　　　唉！（像学生般迅速回答并站起来）
护士1　　　　这边请。

4. 诊疗室（白天／内景）

诊疗室内。美子走进来，坐在医生面前的椅子上。医生是一个看上去四十岁出头的男人。

医生1　　　　您哪里不舒服？
美子　　　　胳膊……我右胳膊总是发麻。
医生1　　　　（走到美子身边，按压了几下肩膀）是这里疼吗？
美子　　　　不是，不是疼，是发麻。就像那什么……像过了那个一样……（因为想不起单词，她自己也有点无语地笑了笑。）哎哟，我突然想不起来了。我最近总是这样，那叫什么来着？

医生只是静静地看着她。美子环顾四周，然后指了指天花板上的电灯。

美子	那个……就是那个……就是能源……
医生1	电？
美子	啊，对！电！（大声笑）就像过了电一样麻酥酥的。我好像得健忘症了，总是想不起要说的词来。昨天也是，想不起来肥皂应该怎么说，想了好一阵……（又笑了）只能想起来叫"sabun"[1]，以前有段时间把肥皂叫"sabun"嘛。
医生1	您从什么时候开始这样的？
美子	嗯……这样大概有几天了。
医生1	不是，您想不起来要说的话，这是从什么时候开始的？
美子	这个……什么时候来着？今年夏天开始？还是春天来着？
医生1	您今年贵庚？
美子	六十五岁……不对，是六十六岁了。（笑）
医生1	好吧……现在您的胳膊发麻，是因为肩上的肌肉太紧张了，稍微做些运动就好了。不过，您记不起单词这件事可能没

那么简单，这不是什么好的信号。您最好去大医院看看，做一次精密体检。

美子　　　　　去大医院？

医生1　　　　对，去首尔的大学附属医院或者大的综合医院。我就这么给您写了。

美子仍然面带微笑地看着给她写处方的医生。

5. 医院前（白天 / 外景）

中小规模的地方城市的医院楼门。美子一边和什么人通着电话，一边走出医院楼门。

美子　　　　　嗯，我来医院看看。胳膊有点发麻……胳膊总是麻酥酥的。一直说要来要来，今天终于下定决心到医院来看看。什么……？当然是我一个人来的，你这死丫头。还有谁会陪我来啊？真是的。（说完后大声笑了起来，看起来像在和女儿打电话）
不过妈妈已经算不错的了。别人到我这个年纪，都有神经痛、关节炎什么的……哎哟，都别提了。我这已经算好的了。

美子向急诊室前面走去。因为是个小医院，一出楼门，旁边就是急诊室，急诊室旁边就是殡仪馆。急诊室前面的停车位上停着一辆救护车，而另一边还停了一辆警车。在后门半开着的救护车前，一个看上去四十五岁左右的女人正在哭泣。她的脸被晒得黑黝黝的，一看就知道是农妇。她像刚从田地里赶来的样子，一身务农时的工作服，光着脚来回踱步，不停哭泣。她身后紧跟着一个看上去十一二岁的男孩，手里拿着她跑掉的一双拖鞋。

女人　　　　你去哪儿了……？坏丫头……臭丫头……心狠的丫头片子……你怎么能这么狠心……怎么就这么走了。喂！你不能就这么走了啊……你去哪儿了？到底去哪儿了？怎么……怎么办啊……？我可怎么办啊……？到底去哪儿了……？去哪儿了……？

女人像丢了魂儿一样，嘴里不停发出的声音像哭声，又像莫名其妙的怪叫声。人们都停下来看她，一直打着电话的美子也从医院楼门走出来，站在路边看那个女人。

6. 超市（白天 / 内景）

这是一家位于市中心商业街上规模不小的超市，但年代久了，有些破旧。外面的街道拥挤而繁忙。一个看上去四十五岁左右的女人站在收银台后面，正忙碌地给客人们结账。美子远远地从街上走来，然后走进超市。

美子　　　　　你好。

超市女人　　　啊，您来了？（看了一眼挂在墙上的时钟）您今天来得有点晚啊？

美子　　　　　我今天去了一趟医院。

超市女人　　　嗯，已经打了两次电话来问了，问您怎么还没来……

美子做出个假装害怕的表情，吐了吐舌头。女人笑着拿出钥匙递给美子。美子接过钥匙后，朝超市里面走去。超市里面有一扇门通往这座建筑的楼梯。女人一边给客人们结账，一边给某处打电话。

超市女人　　　喂，爸爸。护工大婶现在上去了。

7. 楼梯（白天／内景）

超市所在建筑的楼梯，和二楼、二楼的住宅相连。打开与
超市连通的门，美子从楼梯往上走，经过二楼，到达三楼，
在三楼的门前，用超市女人给的钥匙打开门，走进去。

8. 姜老人的家（白天／内景）

三楼房间内部。从阳台窗户那边看向客厅和卧室。卧室
的门开着一半，能看到客厅里年代久远的家具和现在不
怎么使用的杂物。窗户旁边摆放着非常多的花盆，看上
去这个家的主人是个年纪比较大的人。客厅一角的轮椅
引人注目。客厅没人，从浴室传来美子的声音。她的声
音听上去像在教训不听话的小孩。

美子　　　　这边……这边！你不要动！我让你不要
　　　　　　动！哦哦？唔唔？你这么僵硬，我怎么
　　　　　　给你脱衣服呀？……对了！对！腿从这

边出去！就这样，对，就这样！……哎
哟，做得真好！

镜头慢慢横摇到发出声音的方向，客厅的另一边是浴室，
从打开的门中，可以看到姜老人坐在浴缸里，美子正在
给他脱衣服。美子已经换上了适合干活儿的合身衣服。

9. 浴室（白天／内景）

浴室内。美子终于脱掉了姜老人的衣服，她打开淋浴喷
头，调节好温度后，将水淋在老人身上。老人的嘴中发
出意味不明的声音。

美子　　　　　水烫吗？不烫吧？

老人的嘴里说着什么。美子像听懂了一样笑了。她开始
用手清洗老人的身体。老人中风了，右半身晃晃悠悠的，
他的麻痹非常严重，连嘴里流出的口水都不能自行擦去。
每当老人想说一句话，嘴角就会剧烈抽搐。但他仍然磕
磕巴巴地说着什么，别人却很难听懂他发出的声音。美
子像训斥小孩子一样大声说话。

美子　　　　　不要动，我说你不要动！哦哦？

　　　　　　　　（老人发出难以理解的声音。）

　　　　　　　　什么？你说什么？

老人再次用生气的声音说着什么。美子重复着他的话，
努力想听明白是什么意思。

美子　　　　　我……耳朵……耳朵好好的……为什么
　　　　　　　要大喊？（无可奈何地笑了）对不起，我
　　　　　　　不会再大声喊了。

美子继续给老人清洗身体。

10. 客厅（白天 / 内景）

美子从一个小房间中走出来。一会儿工夫，她已经完成
工作，换好衣服了。她走向推拉门打开的卧室方向。

美子　　　　　会长！我走了。再见。

姜老人洗完澡后换上干净衣服，坐在卧室靠床边的一个

无腿椅子上。这里一看就是老人常用的房间，除了衣柜，还有一个小书柜，地上到处都是零碎的物件，还有几盆兰花。在老人坐的位置旁边，是低矮的书桌和文件柜。唯一引人注意的，是老人背后的小型铁制保险柜。那年代久远的保险柜给人一种印象，仿佛他是个顽固而吝啬的老头儿——虽然身体老去、疾病缠身，但仍把钱紧紧攥在手中。

姜老人	事……事情，都做，做完了？
美子	什么？
姜老人	（生气）事，事情都做完了没有？
美子	是，都做完了。
姜老人	这么快？
美子	怎么能说这么快？已经过了三个小时了……洗了衣服，打扫了家里，该做的都做完了。

姜老人向美子招手，示意她走过来。美子走进房间，走到老人面前，姜老人把一张一万元[2]的钞票递给美子。

| 姜老人 | 辛，辛苦……苦了…… |
| 美子 | （接过钱）谢谢您，会长。 |

姜老人	这个，别……别说是，从我……我这儿收到的钱，绝对，别说……
美子	好的，我知道了。

美子告辞后走出房间。走到玄关时，她把姜老人给的一万元拿起来在眼前晃了晃，自言自语道。

| 美子 | 哎哟，真是给了不少呢。 |

美子打开门走出去。

11. 超市（白天 / 内景）

美子从楼里面打开门走进超市，向收银台处的女人走去。

超市女人	今天他没大喊大叫吗？
美子	怎么会没喊叫？喊叫也没用，我也大喊大叫呗……

美子笑了，超市女人也跟着笑了。超市女人数了五万元递给美子。

美子	（接过钱）今天会长给了我一万元……
超市女人	是吗？
美子	不过，他让我对谁都别说。就只给了我一万元……（笑出了声）
超市女人	我公公本来就很抠门，都出名了。看来他很满意大婶您，竟然还给您一万元……不过，大婶，您一直都这么时髦吗？
美子	我看起来很时髦吗？哎哟，我可不是什么时髦的人。
	（但美子看上去并不讨厌她的话。）
	不过，那个又去哪里了……
超市女人	您在找什么？
美子	那个，那个……哎哟，（笑）我怎么想不起来叫什么了。放钱的那个东西，（用手比画形状）不是有这么大的那个东西吗？
	（继续翻包）
超市女人	是钱包吗？
美子	对，钱包！（大声笑）钱包又去哪儿了？
超市女人	（指着美子手中握着的钱包）这个，这是什么？
美子	（看着自己手中的钱包，更大声地笑了起来）我最近老是这样……最近精神有点恍惚。

但超市女人忙于给客人结账，已经不再看她了。美子站在原地，看了一会儿超市女人。

美子	刚才我去了一趟医院，听说在江里发现了在这里的西中学上学的女孩的尸体，才送到医院……听说好像是从桥上跳下去自杀的……医院那儿有个人可能是女孩的妈妈吧……看着魂儿都没有了……

但超市女人看上去没有听她在说什么，正忙着给客人结账。付完钱的客人看了美子一眼，走出超市。

美子	（对超市女人说）那我走了。
超市女人	好的，您后天再来！

美子走出超市。

12. 公交车站（白天 / 外景）

有长椅和可以避雨的玻璃顶棚的公交车站。公交车驶来停下，美子从公交车上下来。她往前走了几步，突然停下来，走回公交车站。美子看着贴在公交车站公告板上的海报。

美子　　　　　（面带遗憾）已经过截止日期了啊。

美子离开公交车站，开始过马路。马路对面有一幢三层高的老旧公寓，美子向马路对面的公寓走去。小区里的老奶奶在平台上晒着什么东西。美子走过去和老奶奶搭话。

美子　　　　　您在晒什么？

但老奶奶没有理她。老奶奶邋遢脏乱的衣服和美子艳丽的外套形成对比。

美子　　　　　您女儿和您有联系吗？
老奶奶　　　　……

老奶奶仍然什么都没回答，美子看上去也不是很在意。美子走进公寓楼内部。

插入镜头。贴在公交车站公告板上的市政厅文化院的活动介绍海报。与"你也可以成为诗人！"的字句放在一起的标题，是"金龙卓诗人特邀文学讲座"。

13 美子的家（晚上 / 内景）

狭小的公寓里传出吵闹的音乐声。四五十平方米的狭小公寓内，显露出贫穷而窘迫的生活，墙上挂着大大小小的相框，家里到处放着干花或者装饰品，像是从日历上剪下来一般的翻版图画等，都展现着主人特别的审美。美子打开门走进来。

美子　　　　小旭回来了？

美子把包放在餐桌上，然后走进小房间。一个孩子面朝墙壁躺在床上，是美子的外孙宗旭。但只能看见一个躺着的背影。

美子　　　　哎呀，你怎么把音乐开这么大声？家都要被震塌了。

美子走过去关掉了书桌上收音机的音乐。

美子　　　　　（走向孩子）你怎么了？哪里不舒服吗？

宗旭嘟囔着什么，但听不太清楚。美子从孩子的房间里走出来，走向浴室。她把脱下的衣服扔到外面，关上了门。门里传出淋浴的水声。

14. 美子的家（晚上／内景）

晚上。美子在给宗旭准备晚饭。宗旭今年十六岁，是个脸上刚开始长青春痘的少年。即使坐在餐桌上吃饭，他的眼睛也一直没离开过电视。

美子　　　　　你白天为什么不接外婆电话？
宗旭　　　　　今天没人打给我啊？
美子　　　　　怎么没打？我打了两次……
宗旭　　　　　真的没接到。（停顿）手机太老旧了才会这样。给我换个手机吧，这个手机真让人上火。
美子　　　　　这手机才买了多久就要换新的？
宗旭　　　　　什么？都已经用了一年半了……
美子　　　　　怎么就用了一年半了？

宗旭	这是二年级的时候买的，二年级第一学期的时候。
美子	所以说你到底每天玩多长时间手机，它才这么快就坏了？

美了用手抓住孩子的鼻子摇晃，孩子出声说疼。

美子	哎哟……你鼻子下面都开始长胡子了啊……可做起事来还是小孩子。
宗旭	为什么给我打电话？
美子	那个……听说你们学校有个女生自杀了？跳进江里……所以想问问你。
宗旭	问我什么？
美子	她是个什么样的孩子，为什么自杀……有大好前程的孩子……
宗旭	我不太认识她。
美子	她名字叫什么？
宗旭	外婆你知道她名字要干吗？
美子	听说和你一样是三年级的？
宗旭	同级的也不一定都认识。

两人短暂地沉默着。停顿。

| 美子 | 外婆哪有买手机的钱啊？和你妈说吧。 |
| 宗旭 | 什么嘛！太小气了！ |

15. 空地（晚上 / 外景）

公寓前的空地。虽然是晚上，但路灯亮着，不是十分昏暗。可以看到坐在平台上聊天的人们，一边还有在玩呼啦圈的孩子们。
美子和宗旭在打羽毛球。美子每击打一次，就会发出有些吃力的声音，但仍然打得很认真。而小旭看上去没什么兴趣，打得很敷衍。

美子	喂！你打得有诚意一点！
宗旭	啊，真无聊。
美子	那你也好好打嘛。医生让外婆多运动。

两人继续打着羽毛球，一时间，黑暗的半空中只能看到白色的羽毛球一来一回。
突然响起一阵手机铃声。宗旭停止打球，从口袋里掏出手机查看，像是来了短信。他查看着信息，又敲打键盘回复信息。美子看着他，等他发完信息。但宗旭把球拍

放在地上，转身跑了。美子大喊。

美子	喂，你怎么回事？你去哪儿？
宗旭	要去见一下朋友！
美子	这么晚了还要去哪儿？

但宗旭没有回话，朝马路那边跑去。美子站在原地看着跑进黑暗中的宗旭的背影。

16. 文化院前（白天 / 外景）

沐浴在上午阳光中的文化院前。美子正一边和什么人打着电话，一边走着。

美子	这个月的电费多出来很多。小旭每天都玩电脑、放音乐……睡觉的时候也放着音乐嘛。我怎么说他啊？哎哟，我就不该提这事儿。（放声笑）他才是老爷啊，老爷。我？我在文化院。想学诗……（又笑了起来）嗯？对。我有点诗人的气质嘛，也喜欢花……我擅长说奇怪的话吗？

（大声笑）

美子走进文化院所在的建筑。并不大的三层楼前，挂着写有"金龙卓诗人特邀文学讲座"字样的横幅。

17. 办公室（白天／内景）

不大的文化院办公室内，几名女职员正坐着工作。美子从敞开的门进来。

美子	我是来听文学讲座的……
女职员 1	文学讲座？那个已经截止报名了……
美子	我知道已经截止了……能不能再通融一下，接受我的报名？
女职员 1	这可怎么办……
美子	因为我真的很想听。
女职员 1	（面带尴尬地看向旁边的职员）这位该怎么办啊？

女职员们用"这该怎么办"的表情相互看着对方。

18. 教室（白天 / 内景）

采光很好的小教室中，金诗人正在讲课。他看上去六十岁出头，像是乡村小学教师的样子。听课的学员大概有二十名，大部分是三四十岁的女人，中间也有五六个男人。所有人都用认真的表情看着金诗人。

金诗人　　　　为了写诗，我们要仔细看。我们生活中最重要的就是看。（他在黑板上写了一个大大的"看"字。）看，观察。我们看着所有东西生活不是吗？仔细看这世上所有的东西非常重要。看，我准备了一个东西。

（诗人从口袋中掏出了一个苹果。）

这是什么？

学员们　　　　苹果。

金诗人　　　　对，这是苹果。苹果，我专门准备了一个苹果过来。真是一个准备充分的老师。（大家笑）其他老师肯定不会准备这样的东西过来。

开门声。金诗人看向门的方向。学员们也回头看。

美子小心翼翼地走进教室，表情有些窘迫地低头打招呼。她不知自己应该坐在哪里，犹豫了一会儿，走到前排的空位处坐了下来。金诗人一直等她落座，才继续讲课。

金诗人　　　　大家看，这个苹果！大家活到现在一共看过多少次苹果呢？

学员们没有说话。

金诗人　　　　一千次？
（有人小声说："一万次。"）
一万次？一百万次？（他看着学员们，表情非常严肃地摇头。）
错了。大家活到现在一次也没有看过苹果。一次也没有！

学员们不懂他的意思，只是认真盯着他看。

金诗人　　　　到现在为止，大家并不是真正看到了苹果。只有真正想了解苹果是什么、对苹果感兴趣、想理解它、想和它对话时，才是真正看到了苹果。长时间注视苹果，

观察它的影子，摸一摸，翻过来看，咬
一口，想象着照射在苹果上的阳光，这
样看才是真正的看。任何东西，只要真
正看到了它，就会自然地……（手抬起放
在胸口）感受到什么。就像泉里积蓄起水
一样。我们只需拿着纸和铅笔等待那个
瞬间的到来。白纸上的留白，是充满纯
粹的可能性的世界，是创作之前的世界。
诗人很喜欢那样的瞬间。拿起铅笔在那
张洁白的纸上……我非常喜欢铅笔。把
削好的铅笔放在白纸上，就像吃饱喝足
一样满足，心神激动……仿佛马上就可
以写下好诗……我非常喜欢削铅笔。削
铅笔非常有趣。

美子	（认真听着，突然开口说）我削铅笔也削得 很好……
金诗人	（停下来，看着美子）什么？
美子	我小时候也常常被夸铅笔削得好。我哥 哥姐姐的铅笔都是我削的。
金诗人	啊，是吗？

金诗人用略带尴尬的表情看着说些没头没脑的话妨碍自

己上课的美子，但他还是宽容地想用玩笑带过这个气氛。

金诗人   那么，老师，请您以后也为我削一次铅笔吧。

大家都笑了。美子也笑了。她因为讲师称呼她为"老师"而心情愉快。

金诗人   来，大家听我说。在讲座结束前的一个月里，希望大家都能写一首诗。知道了吧？每个人都要写一首诗。只有写过诗才能明白，没有写过是不会理解的。所以让大家都亲自写一首诗。在这之前，有谁至少写过一首诗吗……？

有几个人举起了手。

金诗人   那么谁一辈子也没写过一首诗……？

大家笑着举起了手。美子也举起了手。

金诗人   好的，我知道了。大家从现在开始要试

着写诗，人生第一次试着写诗。听明白
了吧？

学员们　　　　好的。

看着诗人的美子的脸，她看上去有些兴奋。

19. 美子的家（晚上 / 内景）

从厨房水槽上的小窗户看出去，可以看到随风摇曳的树。
美子弯着腰，仔细看着水槽里的洗碗池。她独自在狭小
的客厅里走来走去，不知专注地在看什么。她正在观察
家里的物体。她听了金诗人的话，"仔细看"周围的物
品，试图获得诗的灵感。美子用非常认真的表情看着贴
在冰箱上的便利贴、三色堇花盆、放在餐桌上的小物件
等。她的样子看上去有些好笑。她用手拿起餐桌上的苹
果，像上课时的金诗人一样开始仔细观察。
门铃响了。美子抬起头看向前门，小旭打开房间门走
出来。

美子　　　　是谁啊？
宗旭　　　　朋友们。

美子	朋友们怎么来了？已经这么晚了⋯⋯这都几点了？
宗旭	有事说才来的。
美子	有什么事要说啊，都这么晚了⋯⋯？白天混在一起还不够！

宗旭一打开门，一群孩子拥进来。一个两个⋯⋯一共来了五个男孩，是每天都和小旭玩在一起的小子们。孩子们进来时一一和美子问好，然后全都去了小旭房间。

插入镜头。放在餐桌上的一个苹果。

美子一只手拿着水果刀，认真地看着苹果。她走到小旭的房间门口，想打开门，但房门从里面锁着。她只得转动门把手，大声说。

美子	为什么锁门？

美子转动门把手，敲了敲门。小旭打开一点门缝，伸出了头。

宗旭	（不耐烦地）什么事？

从打开的门缝中，可以看到挤在房间里的孩子们。如果是平时，他们早就看着电脑嘻嘻哈哈地玩闹了，总感觉氛围不太寻常。

美子　　　　你们在干什么还要锁门？你们肚子不饿吗？我给你们削个苹果？

宗旭　　　　不用管。干吗来烦我们？真的好烦。

孩子再次关上门，美子坐在餐桌前开始削苹果。
随着果皮被削开，苹果露出了白色的果肉。看起来很好吃，美子自言自语。

美子　　　　比起光看着，苹果果然还是削着吃才对。

美子吃了一大口削下来的果皮。真好吃。

20. 大树（白天 / 外景）

小区里的一棵大树。美子坐在大树下面的平台上，抬头看着大树。树叶随风摇晃，阳光在树叶缝隙间闪烁。美子一动不动地抬头看着这幅光景。

第 12 场戏中的老奶奶走过来，感觉很奇怪地看着美子，又抬头看了看大树。

老奶奶　　　你在看什么？

美子　　　　看树。

老奶奶　　　树有什么好看的？

美子　　　　我想好好看看这棵树。看着树，感受树，
　　　　　　树在想什么呢？树在对我说什么呢？

老奶奶用一种完全听不懂美子在说什么的表情看着她，然后走开了。美子仍然看着大树。这时，她的手机响了。

美子　　　　喂？谁……？基范的爸爸？啊，是……
　　　　　　我知道基范，每天和我们家小旭一起玩
　　　　　　的朋友……是，当然了。昨天还来我们家
　　　　　　了……不过，你为什么给我打电话？有什
　　　　　　么事吗？哦……现在不行……我，我要去
　　　　　　学诗。诗，诗歌的诗……十二点结束。在
　　　　　　文化院……好，好的。那到时候见。

插入镜头。随风摆动的树叶。

21. 教室（白天 / 内景）

文化院的教室里，金龙卓诗人正在讲课。

金诗人　　　写诗就是寻找美。大家懂了吗？我们要在眼前看到的这些事物中，在普通的日常中寻找真正的美。真正的美，不只是外表看上去美丽的东西。大家的心中其实都有诗，诗被关在我们心中，我们要把它放出来。我们要让关在心中的诗插上翅膀飞出来……

金诗人突然停下讲课。美子正举着手。

美子　　　　老师，诗的灵感什么时候会来呢？
金诗人　　　诗的灵感什么时候会来？
美子　　　　是，不管我怎么努力想获得灵感，就是没感觉。要是能知道诗的灵感什么时候会来就好了。
金诗人　　　诗的灵感不会自己出现。得我们去找它，哀求它才行。要向它诉说情由，哪怕这样也不一定会来。诗的灵感多么珍贵啊，

怎么会随便就给我们呢？所以，得我们
自己不懈地寻找、祈求它。

美子似懂非懂，点了点头。但好像还是不够满意地追问。

美子　　　　那我得去哪里找它啊？

诗人瞬间语塞。他强压着烦躁回答。

金诗人　　　那个……那个……不是说有一个固定的
　　　　　　地方，然后去找的意思……就是要寻
　　　　　　找。到处走走看看……诗的灵感会挂上
　　　　　　一个牌子说"我在这里"，等你来找吗？
　　　　　　只能说，它肯定在我们周围，并不远的
　　　　　　地方……从现在我所在的地方，在那里
　　　　　　就可以得到。我说过吧？洗碗池中也
　　　　　　有诗……

听着诗人说话的美子的脸，她看上去想努力找到答案。

22. 文化院前（白天 / 内外景）

文化院小楼入口。诗歌讲座结束，美子和上课的人们一起走出文化院。她正用手机和什么人打着电话。

美子　　　　您在哪儿？闪光灯？

美子看看四周，她听到短促的汽车鸣笛声。
在文化院小楼对面的路边，有一辆亮着闪光灯的轿车。
基范的父亲（四十五岁左右）打开车门走出来。

基范父　　　您好，您是朴宗旭的外婆吧？
美子　　　　您是基范的父亲？
基范父　　　是的，我们上车再说？
美子　　　　要去哪儿？
基范父　　　我们经常玩在一起的孩子不是有六个吗？

　　　　　　我们六个家长聚在一起，吃顿午饭。您和

　　　　　　我一起走就行了，请上车吧。

基范父亲坐在驾驶座上，美子坐在副驾驶的位置上。

23. 车内（白天 / 内景）

车启动以后，基范父亲扭头看了看美子。

基范父	您在那儿听什么讲座？
美子	啊，我在学诗。一周听两次课……
基范父	诗？是时调唱[3]那种吗？
美子	（笑着）不是……是写诗。
基范父	（停顿）您为什么想学诗啊？
美子	（大声笑着）是啊，我为什么要学诗呢？（自己想想也觉得很好笑，又大声笑了出来。）我小时候，大概是小学三年级的时候吧？那时候每到秋天，学校就会举行作文大赛嘛。老师看了我在作文大赛上写的东西，对我说："美子啊，你以后肯定是个诗人！"不久前我在路上看到文学讲座的海报，突然就想起了这件事，想起五十年前我老师说过的话……
基范父	所以您要成为诗人？
美子	（又笑了）现在我吧，目标是写出一首诗。我们老师说讲座结束之前，每个人都要写一首诗。我一说这件事，我女儿

就说："妈妈你是有点诗人的气质。"她
说我本来就喜欢花，有时又喜欢说奇怪
的话……（大笑）

基范父　您的女儿是小旭的妈妈吧？现在她住在
　　　　哪里啊？

美子　　她现在生活在釜山。不过我们常打电话。
　　　　电话里什么都能说，我女儿和我是朋友
　　　　的关系，永远的朋友……
　　　　（然后美子看了看基范的父亲，问道）
　　　　不过，到底是什么事啊？

基范父　（不知为何一时没有回答）……总之，我们去
　　　　了再说吧。到了那儿，您听听就知道了。

美子　　（表情有些不安，变得严肃起来）不是什么
　　　　好事吧？对吧？气氛看起来……

基范父　……对，不是好事。

24. 餐厅内（白天 / 内景）

可以俯瞰江景、视野极佳的某个餐厅。
大家坐在有宽大落地窗的房间里，透过窗户可以看到餐
厅的院子，院子的尽头可以看到江水。除了美子之外，

其他落座的都是看上去四十多岁的人，他们是小旭朋友们的父亲。坐在角落里的美子有些尴尬和不舒服。其他几个家长交换着名片，互相问好。其中有人之前就认识，也有人今天是第一次见面。

服务员正在接受点单。看起来这是一家顺昌父亲很熟悉的餐厅。

顺昌父	今天没看见老板啊。
服务员	今天老板有事，去首尔了。
顺昌父	啊，他今天不来了吗？
服务员	是的。
顺昌父	啊……

秉镇的父亲是农业银行的职员，顺昌的父亲是房地产中介所兼民宿老板。家长们就到底是点两份海鲜汤，还是点一份海鲜汤、一份辣炖鮟鱇鱼吵吵嚷嚷的。钟哲的父亲是自来水公司的职员，看起来得赶快吃完午饭赶回公司去。

基范父	那就点一个大份海鲜汤、一份辣炖鮟鱇鱼吧。请先给我们上啤酒。

服务员点完餐出去，房间里暂时陷入了一阵尴尬的沉默。

钟哲父　　（对着顺昌父）那就让顺昌他爸先说吧。

秉镇父　　那个……还是等酒来了再说吧。气氛也
　　　　　不怎么好……

泰烈父　　现在还一定要喝酒吗？没时间了，还是
　　　　　快点开始吧？

美子坐在角落里，沉默不语。她虽然不知道自己为什么
会被叫来这种场合，但无法抑制心中越来越巨大的莫名
不安。

顺昌父　　那就由我来说吧？首先简单说说事件概
　　　　　要，因为这里也有不太清楚的人……不
　　　　　久前，西中学有一个初三的女生自杀了，
　　　　　名字叫朴熙珍，父母都是务农的，家住
　　　　　在盘谷面 4……但她在日记里写道，从死
　　　　　前几个月开始，她遭受了同校六名男生
　　　　　的性暴力。

在听顺昌父亲说话的时候，美子的表情越来越僵硬了。
基范父亲稍微打开一点门，看向外面，似乎在警惕着有

没有人听到他们的对话。他向要拿酒进来的服务员做出不用进来的手势，自己走出去端着盛啤酒的托盘走了进来。这个过程中，顺昌父亲的话一直在继续。

顺昌父	女生的父母看了日记本以后，把这件事告诉了学校，学校把孩子们叫过去调查，六个人都说是事实……孩子们都认了，应该也不会有假了。一开始是两个人，权顺昌，（举起一只手）是我家的孩子，然后是金钟哲……
钟哲父	（举起一只手）是我家的孩子。
顺昌父	起先是从这两个孩子开始的，过了一段时间后，平时玩得很好的六个人就都参与了进来。孩子说一开始不是强迫的，也就是说女孩子也是自己愿意的……
泰烈父	这谁会相信啊？现在再说这些，不是讨骂吗？
顺昌父	（对泰烈父的讽刺生气，但忍住了）是，您说得对。

听着这些话，美子渐渐陷入震惊，但她没有显露出来。基范父亲给她倒啤酒。

| 基范父 | 女士优先……（美子做出拒绝的手势）您接着吧。 |

美子没法拒绝，只好拿起酒杯接酒。

钟哲父	打听了一下才知道，那女生个子很矮，长得也就那样，真不知道孩子们到底是图什么那么做。
泰烈父	要是个子高又长得好看呢？
秉镇父	不过到底在学校哪里做那种事？前后有六个月呢……
顺昌父	说是在科学实验室里。因为具泰烈是科学课代表，有那里的钥匙。
泰烈父	（低下头举起一只手）是我们家孩子。

每说起一个孩子就举起手的这些男人看上去有些可笑。

| 基范父 | 因为科学实验室在学校的角落里，也不在那儿上课，老师们也很少去，所以好像谁也不知道。 |
| 顺昌父 | 死了的孩子虽然也很可怜……但现在我们该想想我们的孩子要怎么办了……所 |

以今天才组织了这样的聚会，我们一定
要统一行动。

秉镇父　　　　　对，确实。我们要统一行动。

好似为了统一行动而干杯一样，所有人都举起了酒杯。

基范父　　　　　（转头看着美子）小旭的外婆也和我们一
　　　　　　　　起干杯吧。

美子拗不过，只能拿起酒杯和基范的父亲碰杯，然后所
有人都喝了一口酒。美子浑身僵硬。她无法相信听到的
这一切。

泰烈父　　　　　听说她父母都是种地的？
基范父　　　　　对，她父亲几年前因为摩托车事故去世了。
　　　　　　　　所以应该是她母亲一个人抚养两姐弟。
顺昌父　　　　　我们要安抚这个孩子的母亲。不过万幸，
　　　　　　　　现在她应该还没和别人说这件事，但也
　　　　　　　　说不好，不知道她心里在想些什么……
　　　　　　　　总之，为了安抚受害者这边……

美子从座位上站起来，打开房门走了出去。所有人都看

着她，但对话没有停下来。

钟哲父	反正最后还是要赔偿金嘛。
顺昌父	对，就是赔偿金。今天我们在这儿也把赔偿金的事说定吧，和学校的老师商量了一下，大概是三千万元这么一个程度……也就是说一家是五百万元。
泰烈父	那这事还有谁知道？
顺昌父	学校校长以下还有几个老师，再就是一两个警察……（向基范父）就这些了吧？
基范父	是的。我们和学校还有警察之间的沟通比较顺畅。学校也不想让这种事传出去，警察这边也是在受害者报警前不方便擅自调查。不过问题是，媒体记者这帮人……有一家本地报纸好像嗅到了什么味道，听说总是给学校打电话问这问那的。

在顺昌父亲说话的时候，透过房间的窗户，可以看到走进院子里的美子。她独自认真地看着花坛里的鸡冠花，在小本子上写着什么。

顺昌父	哎哟，最近本地报纸更可怕。我们口风

要把紧。（看着窗外）那位老太太在那儿做什么呢？

听到这句话，所有人都看着窗外。

钟哲父	真是个没什么数的老太太啊。现在都什么时候了，还在那儿干吗呢，不是吗？
秉镇父	那是宗旭的奶奶吧？孩子的父母不在身边，只靠老太太一个人抚养长大的？
基范父	宗旭是外孙，宗旭妈妈离婚后，把孩子扔给老太太，一个人住在釜山。看起来日子过得也挺辛苦的，还领着低保，做上门护工……我观察了一下，女儿连生活费都不怎么给。
钟哲父	那五百万她拿得出来吗？
秉镇父	那也得拿出来啊，这可是关系到她外孙将来的问题。

25. 餐厅院子（白天／外景）

基范父亲从餐厅里出来，走向美子。她正蹲在花坛旁边，在小本子上写着什么。

基范父	（略带玩笑地）小旭外婆，您在写诗吗？
美子	就是笔记……老师说要经常像这样记笔记。
基范父	（带着好奇的表情看着小本子）您记了什么？
美子	血……（笑了）像血一样红的花。
基范父	真的像血一样红呢。
美子	你知道鸡冠花的花语是什么吗？是盾牌。你看它长得像盾牌吧。保护我们的盾牌……

基范父亲无言地看着美子的脸庞。停顿。

| 基范父 | 我们进去吧。还是要进去吃饭啊。 |

但美子还是待在原地一动不动，只是看着鸡冠花。

26. 美子的家（夜晚 / 内景）

俯瞰视角的电视画面，正在播放吵闹的娱乐节目。能听到刺耳的笑声。

美子在准备晚饭的间隙站着看电视。小旭坐在餐桌旁，转过身看着电视大笑。煤气灶上的锅煮开了，美子打开锅盖，用汤勺搅动几下，盛出咖喱。接着她用汤勺把咖喱汤汁盛到盘子里，送到餐桌上。宗旭看着食物，发出不满的声音。

宗旭　　　　啊，又是咖喱！

美子　　　　怎么了？你不是喜欢吃咖喱吗？

宗旭　　　　今天中午在学校吃的也是咖喱。

美子　　　　是吗？我不知道。

虽然不满，但孩子还是搅拌好咖喱，吃了起来。孩子的视线仍然停留在电视上。美子也靠着水槽，无言地站着看电视。两人没有对话，默默看着电视。

27. 美子的家（早上 / 内景）

早上。小旭急急忙忙从房间中跑出来，他背着书包跑向公寓的前门。美子追在他身后。

| 美子 | 你拿运动服了吗？今天不是有体育课吗？ |

孩子打开门跑出去，嘟囔着回答了一句，但关门声太响了，听不清他说了什么。美子看着关上的门，听着着急下楼的脚步声，然后她走到客厅的窗边。美子把脸紧贴在窗户上，向下看去。

28. 小旭的房间（早上 / 内景）

美子站在小旭房间的门口看向房间里。和平时一样，狭小的房间里乱糟糟的，很不整洁。有微弱的音乐声传来，也许是小旭没有关掉音乐就走了。美子慢慢走进小旭的房间，墙上贴着游戏海报、偶像歌手的画报，脱下来的衣服乱放在小床上，书桌上的电脑还开着机，和每天看到的情景都一样，但今天却像走进一个从来都不了解的世界一般。美子像个要找到什么的人，小心地看着房间内部。

她走到书桌前，音乐声还在继续。美子拿起一本练习册，翻看页面。然后打开书桌的抽屉翻看，也没什么特别的东西。她突然意识到自己连要找什么都不知道。在要关上书桌抽屉的时候，她的手不小心碰到了电脑键盘，音乐声突然变大。那是一首嘶喊着的摇滚音乐，也许是用电脑在放音乐，电脑屏幕上出现了奇怪的波形。美子突然觉得那波形非常诡异，她被这来路不明的恐惧吓得慌乱地拍打键盘。音乐声却越来越大，美子被更加莫名的恐惧笼罩，毫无章法地敲打键盘，而音乐声越来越响。

最终，美子关掉了电脑的电源。屏幕一下子暗了，然后映出她的脸庞。美子的手机响了起来。

29. 客厅（早上 / 内景）

美子走出小旭的房间，拿起放在餐桌上的手机。

美子　　　　喂？是……您好。什么？和学校教导主任一起？好的……几点啊？

30. 咖啡厅（白天 / 内景）

某咖啡厅的角落位置，第 24 场戏中的学生家长们坐在一起，还有学校教导主任和学生主任也坐在一起。因为是白天，咖啡厅里几乎看不到其他客人。教导主任低声说着话，几个学生家长恭顺地听他讲话，美子坐在他们中间。

教导主任	学校里面也没几个人知道。只有我和坐在这里的学生主任，还有朴·熙珍——（声音压得更低了）那个死了的女学生——的班主任知道，你们几个男学生的班主任都不知道。我已经好好嘱咐过熙珍的班主任要管住嘴。对孩子们的将来也不好……学校里也会乱套……所以，在座的各位也绝对不能走漏风声。
基范父	您不用担心我们，主任。这关系到孩子们的人生，我们一定非常小心。
教导主任	好，就连梦话里也不能说。还有，现在最重要的是赶快和女生的家属达成和解。你们打算怎么出和解金？
顺昌父	我们都考虑好了，一个人五百万，一共给三千万。这种水平的话应该算比较合适吧。
教导主任	嗯，三千……大家都同意这个和解金吧？
顺昌父	是的，当然都同意了。只是有人还没准备好……同意是都同意了。

| 教导主任 | 总之，要快点和女生的家属见面，尽快解决。 |

基范父亲偷偷看了看美子。美子的表情很沉重，避开了他的眼神。

31. 教堂过道（白天／内景）

美子从教堂门走进来。在外面的门和进入教堂的门之间，还有一个小过道，因为是工作日的上午，这里空无一人。阳光从小小的窗户照进来，但整体上教堂里非常昏暗。从教堂里传来混杂着风琴伴奏的音乐声。美子走近公告板，公告板上贴着各种通知。

其中一张 A4 纸上写着"朴熙珍·阿格尼丝的安魂弥撒"。镜头下摇，对准公告板前的木头桌子，桌子上摆放着一个塑料相框，里面是一个少女的照片。相框前点着几根蜡烛，还有不知谁放下的一束花。美子看着相框中的面孔，嘴唇厚厚的圆脸少女正注视着她。美子听到了神父开始做弥撒的声音。

| 神父（O.S.） | 我将在最后一天让他们复活，主这样说。 |

信徒们（O.S.）　赞美基督。

神父（O.S.）　今天，我们为前几天离世的朴熙珍·阿
　　　　　　　格尼丝献上安魂弥撒。

从入口的玻璃门可以看到教堂内部。美子看到正在做弥
撒的神父和信徒们。照射在玻璃门上的阳光反射着教堂
院子里的风景，显得内部有些昏暗。美子打开玻璃门走
进去。神父的声音仍在继续。

神父（O.S.）　在如花般的十六岁失去宝贵的生命，这
　　　　　　　令人无限悲伤，但因我们相信"信我
　　　　　　　者，得永生"这句主的话语，耶和华将
　　　　　　　安抚阿格尼丝的灵魂，她将在天国享
　　　　　　　受这一世没有享受的幸福，让我们为
　　　　　　　阿格尼丝祈祷吧。

32. 教堂内（白天／内景）

美子小心翼翼地走进教堂，她坐在后排的座位看向前面。
神父站在祭坛前主持着安魂弥撒，遗属和其他参加者站
起来一起祈祷。宽阔的教堂里，参加者只有寥寥几人，

感觉很冷清。美子像要把自己藏起来一样躲在后排，独自看着这场弥撒。

神父　　　　　我们相信，主将会安抚和包容阿格尼丝
　　　　　　　所承受的痛苦，她将在天国获得永生。
　　　　　　　让我们齐心真诚地为阿格尼丝献上信徒
　　　　　　　们的祈祷吧。请起立。

信徒们从座位上站起来，但美子仍旧坐在座位上。神父的祈祷开始。

神父　　　　　将圣子基督复活的主啊，我们为救赎阿
　　　　　　　格尼丝而祈祷。经过洗礼早早获得永生
　　　　　　　种子却离世的阿格尼丝，请让她进入圣
　　　　　　　人的队列吧。
信徒们　　　　主啊，请听到我们的祈祷。
神父　　　　　供奉永生之粮基督的圣体，恳切地祈求
　　　　　　　主，请将离世的阿格尼丝复活，永远揽
　　　　　　　入您的怀抱。
信徒们　　　　主啊，请听到我们的祈祷。

美子突然转过头看旁边，在过道对面同一排坐着三名少

女。看起来像熙珍的同学，大概初中三年级的少女。其中一个孩子也转过头看着美子。美子躲开她的视线，转过头来。弥撒还在继续。

神父	为因失去深爱的阿格尼丝而悲痛的家人和亲属祈祷，希望他们获得安慰与平静。
信徒们	主啊，请听到我们的祈祷。

美子再次小心翼翼地扭过头看那几个女孩，刚才看她的女孩仍然扭着头一直看美子。美子转回头，又再次转过去看女孩。女孩仍在看着她。美子避开了她的视线。
美子看了一会儿正前方，从座位上站起来，像被人赶出去一样走出教堂。

神父	所有祈祷都会通过我们的主——基督——实现。
信徒们	阿门。

33. 教堂过道（白天 / 内景）

美子打开玻璃门，走出教堂，往外走了几步又停下脚步。

她转过身来，走向公告板前的桌子。美子看了一会儿塑料相框里熙珍的照片，然后拿起相框。她看着相框中熙珍的脸庞，突然抬起头看看四周，然后迅速把相框塞进自己的包里，转身走出前门。美子走到教堂的院子里，若无其事一般，但其实她被恐惧感紧紧包裹。好像听到后面有人的声音，她不由自主地加快了脚步，像被追赶般地跑向大门。美子差点撞上走进院子的一个男人，但她也顾不上了，向大门跑去。男人感觉很奇怪，扭过头看着她的背影。

34. 姜老人的家（白天 / 内景）

姜老人家的客厅。浴室的门敞开着，可以看到正在给姜老人洗澡的美子。姜老人坐在浴缸里，美子用喷头淋湿他的身体后，正在往他的身上涂肥皂。

浴室里，美子正在往姜老人的身体上涂肥皂。她表情严肃，一言不发。
姜老人若有所思地看着这样的美子的脸。
沉默地给姜老人洗澡的美子的脸。

35. 客厅（白天 / 内景）

洗完澡后，换上干净衣服的姜老人拄着助步器走出浴室，向卧室走去。在美子扶着姜老人往床边走的过程中，姜老人问美子。

姜老人	……今，今天有，有什么事吗？
美子	什么？
姜老人	问你是，是不是有事？
美子	什么事都没有。怎么了？
姜老人	也，也不说话……之前，之前都像云雀一样……叽叽喳喳说话……
美子	我什么时候像云雀一样叽叽喳喳了？
姜老人	（噘起不方便的嘴，搞笑地模仿云雀）喳，喳喳喳……喳喳喳喳……

但美子什么都没说，从冰箱里拿出果汁，倒在杯子里，再递给姜老人。一只手接过果汁的姜老人看着美子。

姜老人	脸，脸为什么那样？像生气的人一样……你笑，笑一笑……
美子	不能笑。

姜老人	为什么？
美子	以前我一笑，男人们就会说不要笑，再笑就喜欢上我了。我一笑，所有人就都被我迷住了。会长您也是，我一笑就会被迷住。

呵呵呵，姜老人笑了。

36. 浴室（白天 / 内景）

美子在浴室的洗脸台里洗衣服。脸和衣服被汗水浸湿。清扫都结束后，美子看着镜子，镜子中映出她疲惫的脸庞。然后她锁上浴室的门，开始脱衣服。脱下来的衣服被放在搁板上，然后美子打开了淋浴喷头。在淋浴喷头喷射出的水流中，她突然开始哭泣。虽然她强忍着不想发出声音，但还是无法抑制哭声。

37. 客厅（白天 / 内景）

姜老人靠着浴室外面的墙坐在地上，他在偷听浴室里洗澡的水声。

38. 美子的家（晚上／内景）

电视上播放着乱哄哄的娱乐节目，能听到观众们喧闹的嬉笑声。像第26场戏一样，美子和小旭沉默地看着电视。小旭坐在电视前面，美子站在厨房的位置。美子面无表情地看着电视。娱乐节日结束后开始播广告。小旭起身回到自己的房间。美子站在原地不动，然后走到孩子的房门口，敲门。

美子　　　　你出来一下！
　　　　　　（没有回答，于是美子更大声地）
　　　　　　快点！

终于，小旭打开房门走了出来。美子抓着孩子的胳膊，把他拽到电视机前。

美子　　　　你看看你摊的这一地东西。吃完的零食袋子、袜子、卫生纸、遥控器……都放在这里。外婆和你说过几次了？野兽也会清理自己的痕迹……

小旭沉默地捡起地板上的零食袋子、卫生纸等。

美子　　　　　还有袜子！

小旭把袜子也一起拿起来，把卫生纸扔进垃圾桶，打开浴室的门，把袜子扔进洗衣机，然后走进自己的房间，重重地关上门。美子站在原地。

39. 美子的家（晚上／内景）

经过一段时间。电视上播着深夜新闻。
美子独自一人坐着看电视。看起来已经非常晚了。美子用遥控器关掉电视，狭小的客厅陷入寂静。美子一动不动地坐了一会儿，又看看孩子的房间。停顿。然后，美子站起来走向孩子的房间。

40. 小旭的房间（晚上／内景）

关着灯的昏暗房间。美子走进来打开灯。小旭正蜷着身体睡在小床上。美子看了一会儿小旭，然后把他摇醒。

美子　　　　　起来，起来……

小旭睁开眼睛，看着美子。

美子　　　　　起来。外婆有话要说。

小旭的脸皱成一团，揉了好几次眼睛，然后拉起被子蒙住头，转过身继续睡。美了抓住小旭的肩膀，用力拉。

美子　　　　　起来！我让你起来！

孩子面向墙壁躺着，一动也不动。美子终于爆发出疯了般的声音。

美子　　　　　为什么那么做！你为什么那么做！

那声音更像是哭喊。这时孩子才坐起来，茫然地看着她。两人之间短暂地陷入沉默。孩子起来了，美子却不知该从哪一句说起。停顿。孩子拉起被子躺下。美子又开始拽被子，但孩子像岩石般坚硬，一动不动。沉默中，斗争在继续。只能听到像哭出来一样的美子粗重的呼吸声。她使出了全身的力气，却赢不了。她筋疲力尽，看着孩子出了一会儿神，走出房间。

41. 美子的家（早上 / 内景）

第二天早晨。美子和小旭坐在餐桌前吃早饭。两人没有交流。停顿。小旭放下勺子，想离开餐桌。

美子	怎么不吃了？
宗旭	没胃口。

美子抓住站起来的小旭的胳膊。小旭看着美子。孩子几乎面无表情。

美子	这世上外婆最喜欢什么？
宗旭	……
美子	你知不知道？
宗旭	知道。
美子	是什么？
宗旭	是宗旭大口吃饭。
美子	对了。

小旭重新坐下，拿起勺子继续吃饭。两人再也没有说话。

42. 教室（白天 / 内景）

进行诗歌讲座的教室。一个三十岁出头的女学员正坐在教室前面，讲着什么故事。看起来是学员轮流上前讲述。女人身后的黑板上写着"我人生中美丽的瞬间"的字样。演讲者看起来有些害羞和尴尬。

学员1   那个……这是我很小时候的事。出于一些家庭原因，我小时候是在外婆家长大的。所以对我来说，外婆就是妈妈。我外婆特别喜欢歌曲，但是她不会唱。因为每天都在干活儿……她不会唱歌……我很小的时候，上小学之前……有这么大一张窗户纸，就是祭祀时用的那种白纸，我把歌词抄写在那种纸上，然后拿着筷子之类的东西，一个字一个字指着，教我外婆唱歌。虽然不知道为什么，但那好像是我人生中最美丽的瞬间。

金诗人（O.S.）是什么歌？

学员1   （扭头看看金诗人）是《少女船工》……（她的眼眶突然红了。）我外婆去年去世了。但我总是想起每次去看她的时候，会给她唱歌……（瞬间无法控制情绪）因为我外婆总是让我唱歌给她听……所以我总是在她面前唱歌。

CUT TO

这次是一个四十五岁左右的女学员坐在前面讲自己的故事。

学员 2　　　　我，结婚算非常晚了。所以快到四十岁的时候才有了第一个孩子。可我本来就是高龄产妇，又是第一次有孩子，医院总说一些让我害怕的话。就这样过了十个月，开始阵痛了。哎哟，天哪，我出生以来还是头一次那么疼。总之，阵痛之后孩子出生了，那时我是什么感觉呢？嗯……就像是太阳一般滚烫的火球"嗖"一下从我肚子里滑出来的感觉。孩子第一次哭出声的瞬间，对我来说，既是美丽的瞬间，也是震惊和感动的瞬间。

CUT TO

看上去快五十岁的一个男学员坐在前面。他似乎有些为生活所累。

学员 3	不管怎么想，我的人生里好像都没有美丽的记忆。不好意思……

（他低着头。但金诗人和其他学员都没什么反应地看着他。他只好勉强继续说。）

我在排屋的半地下室住了将近二十年，六年前终于租了京畿道利川市的公寓。押金一千万，月付八万。所以我就搬到利川去了。那时好像是最美丽的时候。我在地板上躺成一个"大"字，就像整个世界都是我的一样……有了这样的心情。是的……

43. 学校（白天 / 外景）

孩子们在学校操场一边踢球。临近傍晚时分，日光西斜，大部分学生好像都放学了。三四个孩子在互相传球玩，空荡的操场上只有踢球的声音在回荡。

美子坐在操场一边的长椅上看着孩子们。踢球的孩子好像觉得她很奇怪，扭头看了看她。背景有鸟叫声，美子抬起头看着树木，然后在小本子上写着什么。

插入镜头。写在小本子上的美子的字迹。

> 鸟儿的歌声
> 在歌唱什么

然后她从椅子上站起来，走向教学楼的方向。

44. 走廊（白天 / 内景）

美子走在空无一人的走廊里。她小心地查看四周，走一走又停下来。头顶上方是写着"科学室"的牌子。美子看着窗户里面。从她的视点看去，科学室内部模糊又昏暗。她又把脸更贴近玻璃窗，好像看见了什么似的。

从窗户里面看到的美子的脸。鼻子微微挤压在玻璃上。

45. 咖啡厅（晚上 / 内景）

一家位于江边的咖啡厅。美子打开门走进来。从咖啡厅里传出用麦克风朗诵诗的声音。前台的服务员低声询问美子。

服务员	欢迎光临，您一个人吗？
美子	（也压低声音）对，听说这里在举行诗朗诵会……
服务员	是的，您没找错，请坐。

美子寻找着位置。在宽敞的咖啡厅一边设置了小型舞台，那里正在进行诗朗诵。舞台上挂着"周五诗朗诵"的横幅。舞台前大概坐着二十个人，全都像是来参加诗朗诵会的。美子坐在一个离舞台有点远的靠窗的位置，从窗户向外望，可以看到汉江的夜景。美子看着舞台的方向。

舞台上的女人（赵美惠）看上去四十岁出头，胸前别着一个华丽的花朵胸针，正在认真地朗诵诗。像是她自己写的诗[5]。

赵美惠	写诗这件事
	是想起妈妈
	在寒冬腊月的清晨
	用关节肿胀的手
	淘洗白米做饭

写诗这件事

是在深夜独自醒来后哭泣

是为竖立逐渐坍塌的

心灵的支柱

建造一个美丽坚实的基石

是用全身的力量支撑

脆弱的窗户一角

整夜安抚晃动的窗入睡

是把倾倒再倾倒仍不断涌出的长满苔藓的水

毫不犹豫倾泻干净

是建造一片留白的森林

她朗读完之后吐了吐舌头。人们鼓掌，她把麦克风递给主持人后走下舞台。主持人是一个看上去快五十岁的女人。

主持人　　　都说爱诗的人是心上常盛开花朵的人。不过，我们赵美惠小姐不仅心上开着花朵，胸前也戴着漂亮的花朵啊。感谢她的诗朗诵。下一位，有请在今天穿着热情的红色 T 恤衫的李东圭先生朗诵，他朗诵的也是赵美惠小姐创作的《寒蝉》。

一个看上去快四十岁的男人走上舞台，接过麦克风。

李东圭　　　你的背上总是传来寒蝉声

吱啦 吱啦 它轻揉着眼睛生活

去年夏天指甲染的凤仙花汁早已褪去

你的背上总是有寒蝉鸣泣

我也振动翅膀在鸣泣

（读完诗之后，讲述自己的感想）

这首诗中出现了寒蝉，我想到了知了。

知了为找到配偶，在盛夏短短几天内唱

破喉咙，像是要把夏天震碎般鸣叫……

我也可以为了某个人，像知了那样热情

地活着吗？我思考了很多。谢谢。

他低头致意，走下舞台。主持人又再次接过麦克风。

主持人　　　真好。讲出了自己真实的内心。为了表

达炽热的感情，今天才穿了一件红色 T

恤衫来吧。下一首诗由好久不见的朴尚

泰先生朗诵。他因为意外，腿受了重伤，

但今天还是带了一个很大的西瓜来。

在掌声中，一个看上去五十岁出头、身材高大、肚子有点凸出来的男人走到舞台上。他接过主持人的麦克风。

朴尚泰	很高兴见到大家。其实上一次我也来了……（看着主持人）您上周没来吧？"好久不见"这话不太准确。
主持人	啊，是我错了。
朴尚泰	对，请好好反省吧。

众人笑。男人开始朗诵诗。他的声音意外地很油腻。

朴尚泰　　　　玫瑰有刺的理由

　　　　　　不要偷走我

　　　　　　我内心的刺

　　　　　　整个身体都战栗的那天

　　　　　　梦想着自尽的深红色微笑

　　　　　　不要因美丽而摘取我

　　　　　　红色嘴唇之吻（kiss）[6]

　　　　　　是向着纯洁必死的热情

　　　　　　不要再爱我

　　　　　　只有季节的水车不停滚动

　　　　　　（结束朗诵）

其他的我不懂，但这首诗好像写玫瑰写得很好。简单来说，就是"不要摘取我"这样的意思。（人们笑）这里出现了 kiss 这个词，我在想 kiss 用汉字或四字成语怎么表达……接吻……嘴唇紧贴在一起，舌头互相来来去去　用四字成语来说就是，舌往舌来[7]！

人们放声大笑。特别是女人的笑声很突出。

朴尚泰　接吻是嘴唇互相碰撞，紧紧贴在一起；那么，两辆汽车开着开着撞到了一起，这个用四字成语怎么说？

男人1　车往车来！

人们笑。

朴尚泰　啊，用"车"字替换成"车往车来"？不对。大家怎么想得这么复杂？（用两拳相撞模拟动作）车这样相撞，用四个字来说就是……就是交通事故嘛。交通事故。（人们的笑声变得更高了。）

我因为交通事故腿受伤而住进医院，今天虽然能偷偷溜出来，但我腿受伤的时候，我在想什么呢，就这样，这里，中间的这条"腿"如果能伸出来，支撑旁边的两条腿就好了，我这样想。（人们大笑，特别是一个女人，从刚才开始就大声地咯咯笑。）虽然现在我还住着院，但下次我会把更帅气的面貌展现给大家。

在人们的笑声和掌声中，男人回到座位。美子从座位上站起来，走到赵美惠所在的座位。舞台上其他人在继续诗朗诵。美子和赵美惠搭话。

美子	我可以坐在这里吗？
赵美惠	（看看美子）可以，请坐。
美子	我想问一下……
赵美惠	啊，好的……您想问什么？
美子	你的诗写得真好。
赵美惠	啊，哪里，就是说来惭愧的水平而已。
美子	刚才你说你才开始写诗没多久……你是怎么写出这种诗来的？
赵美惠	啊，这次比较简单，很自然地就写出来

了。写了一行以后，我也没想到，后面的句子就像蚕丝一样，全都跟着出来了。就像我进入诗里游泳，像蝴蝶扇动翅膀一样，就那么写出来了。

美子　　　　　那该多好啊！我最近也想写诗，可不管怎么努力都写不出来。

赵美惠　　　　我一开始想写诗的时候，为了找到诗的灵感，也是睁大眼睛打着灯笼在找，但那样好像更找不到。重要的是感觉，只要能感受到，就能写出诗来。

美子　　　　　我也有感觉……

赵美惠　　　　那就按那种感觉，诚实地写下来，就像记笔记一样。那就是最诚实的。

美子　　　　　好……

美子点点头。

46. 姜老人的家（白天 / 内景）

姜老人坐在卧室里听着外面的动静。玄关处传来咔嚓的开门声。美子打开门走进来，她走进卧室向姜老人问好。

| 美子 | 您好。（拉开窗帘，打开窗户）今天怎么了，好像没什么味道。您没有大便吗？ |

打开窗户后，美子转过身来，姜老人手里攥着什么东西递给美子。

美子	这是什么呀？
姜老人	药，药……给我，给我打开……
美子	药？什么药？怎么突然要吃药了？您哪里不舒服吗？
姜老人	没有不舒服。就……就是，营养剂。
美子	不是，怎么突然吃营养剂……？
姜老人	（发出生气的声音）怎么这么多话？让你，打开，给我打开就是了！

美子抠出一片药片，和水一起递给姜老人。美子在老人吃药喝水的时候，默默地看着他。

47. 浴室（白天 / 内景）

美子正一件件脱掉姜老人的衣服。脱完背心之后，把他安置在浴缸里，然后脱内裤。美子打开淋浴喷头，像往常一样淋湿老人干瘦的身体，然后给他的身体各处涂肥皂。她的手涂完老人的后背、前胸和肚子，向下半身伸去，然后又回到腹股沟的位置涂着肥皂。男人任凭美子触摸自己的身体，还一直看着美子的脸。正在给老人下半身涂肥皂的美子，表情像是突然被什么东西震惊了一样。老人的身体发生了奇怪的反应，她的视线投向老人的下半身，然后不由自主地发出惊讶的叫声。她像逃跑般直起身体，但老人紧紧抓住她的手腕。美子想挣脱开老人，但他的臂力大得惊人。老人歪斜的嘴里艰难地发出声音。

姜老人	拜，拜……拜托你……
美子	放开……为什么突然这样？

美子再次试图挣脱男人的手，但老人没有放开她。

姜老人	我，死之前，还想，再，再做一次…… 我，其他都不需要了……就，就一次，还 想再做一次男人……是，我的愿望……

面部歪斜的老人看着美子，他的脸看上去既诡异又恳切。

美子一下子忘记该说什么，只是看着老人的脸。

美子   放开我！你把我当成什么了，竟然这么做？

美子甩开老人的手，走出浴室。然后像想起什么来一样，又回过头看坐在浴缸中的老人。

美子   刚才你吃的是什么药？嗯？

美子跑到卧室去，拿着药片包装回来。

美子   这个，这是什么药？这是那个吧？那个
      叫什么来着，伟哥是不是……

姜老人只是沉默地看着她。美子拿下挂在墙上的毛巾扔向老人，然后又把衣服扔在他身上。

美子   你自己擦完自己穿衣服吧！以后没有人
      再帮你做这些事了。

姜老人嘴巴张开，用歪斜的脸沉默地看着她。那个表情看上去十分可怜。

48. 大巴内（白天 / 内景）

车窗外是流动的汉江边的首尔风光。大巴疾驰在奥林匹克大道上，汉江的水波反射着阳光，对面是高层公寓。美子坐在窗边，看着远处的风景。她的脸似乎沉浸在无法琢磨的感怀中。

49. 医院走廊（白天 / 内景）

首尔一家综合医院的走廊。美子坐在神经内科前的椅子上，等着轮到自己。她看着来来去去的人们，因为是大医院，所以患者很多。

终于，听到了护士叫她的声音。

护士 2　　　　梁美子女士！

美子　　　　唉！

护士 2　　　　请您到 1 号诊察室。

美子　　　　好的！

美子从座位上站起来，走进诊察室。

50. 诊察室（白天 / 内景）

美子走进诊察室。看上去快五十岁的女医生坐在桌子后面，美子笑着向医生打招呼。

美子　　　　　您好。

医生 2　　　　您好，请坐。

医生瞥了她一眼，又继续看电脑屏幕。美子坐在医生面前的椅子上，看着医生。在医生看屏幕的时间里，房间里安静得可以听到呼吸声。美子无端地转过头看了看房间四周。在阳光照射进来的窗边，摆放着一盆漂亮的插花。美子不由自主地感叹道。

美子　　　　　哎哟，是山茶花啊！

医生抬起头看着美子。美子像解释一般，笑着说。

美子　　　　　我很喜欢山茶花。冬季之花，红色的痛
　　　　　　　苦之花……

医生 2　　　　山茶花是痛苦之花吗？

美子　　　　　是的。花中红色的就代表痛苦。白色代

表纯洁，黄色代表光荣……最近为了写诗，我进行了学习。（边说边笑）

| 医生 2 | 诗？您是诗人吗？ |

| 美子 | 不是……我只是想写一首诗。 |

| 医生 2 | 您一个人来的吗？没有监护人和您一起来吗？ |

| 美子 | 我一个人来的……怎么了？ |

| 医生 2 | 如果有可以一起听诊断的监护人会比较好…… |

| 美子 | 怎么了？我的身体很差了吗？ |

| 医生 2 | 从检查结果来看……患者您得的是阿尔茨海默病，就是我们经常说的老年痴呆。 |

| 美子 | （看着医生愣了一会儿，然后觉得很无语地笑了）怎么会呢，我很正常！ |

| 医生 2 | 现在看起来是很正常，因为现在还是非常早期的阶段。但是这个病已经开始了。现在您的症状还只是偶尔想不起一些单词，但渐渐地会丧失更多记忆。一开始只是忘记单词里面的名词，以后连动词也会想不起来。动词，您知道吧？ |

| 美子 | 嗯，动词……我知道。 |

（仿佛觉得很可笑，美子笑出了声，但表情马

上就僵住了。）

名词最重要嘛。

医生 2　　　　　是吧，名词最重要吧。

医生随口附和着说出来，这回是医生笑了。美子也跟着
一起笑。她呆呆地看着窗边的山茶花插花出神。医生也
跟着她的视线看花。

医生 2　　　　　（笑着）那是假花。

插入镜头，红色的山茶花。

51. 医院前（白天 / 外景）

医院楼门前。在忙碌疾走的人群中，美子走出来。她一
边打电话一边走下台阶。

美子　　　　　　我在医院，之前不是做了检查嘛……来
　　　　　　　　看结果……嗯……什么？说我没什么事。
　　　　　　　　就让我运动，加强运动。医生就是这么
　　　　　　　　说的，还让我认真写诗。

声音（F）　　　医生怎么这样啊？

手机中传出女儿的声音，美子又大声笑起来。但不知为
何，她的笑声中可以听出些许不安。打电话的同时，她
还在忙着打车。

一辆出租车停在她面前。她坐上出租车。

美子　　　　　请去那里。那里……嗯……

出租车司机通过后视镜看她。

美子　　　　　东首尔……哎哟，那个叫什么来着？（她用
　　　　　　　笑声掩盖慌张。）明明就在东首尔来着……

出租车司机沉默地看着她。

美子　　　　　大巴，有很多长途大巴的地方……去地
　　　　　　　方的大巴……
司机　　　　　客运站？
美子　　　　　对，就是客运站！（再次放声大笑）我就
　　　　　　　是这么健忘。

面带着些许微笑，美子的脸僵住了。她沉默地看着窗外。

52. 大巴内（白天／内景）

长途大巴内。美子看着窗外的风景。透过宽大的车窗，可以看到鲜红的晚霞。晚霞跟随奔驰的车不断流动。美子出神地望着晚霞，镜头对准她的脸。美子从包里拿出小本子和铅笔，开始随意写着什么。小本子的插入镜头。她在晃动的车上写得歪歪扭扭的字迹。

时光流逝，花朵凋零

但字迹太歪歪扭扭了，几乎认不出来。

53. 练歌房（白天／内景）

某个练歌房的入口。一个年轻的男服务员正在打扫卫生，时间还比较早，练歌房看上去还没有开始营业。从某个房间传出歌声。基范的父亲走进来。

基范父	在哪里啊？
服务员	在 5 号房间。
基范父	5 号房间？

从走廊走近的基范父亲。越靠近 5 号房间，歌声就越响。

美子	（歌曲）沾在红酒杯上的口红
	你能懂我的思念吗
	说要放下却又紧紧抓住
	现在我想把这迷恋放手

镜头跟随基范父亲，透过房间门上的小玻璃窗，看见独自坐着、看着屏幕唱歌的美子。过了一会儿，基范父亲推开门走进去。但美子没有察觉，继续唱着歌。她的脸被五颜六色的彩灯照着。她独自坐着唱歌，但依然随着有节奏的伴奏晃动肩膀，配合表情，她的声音里透露出孤独的感觉。

美子	也许你现在已经忘记我的名字
	因为这样的你
	今天也笨拙地端起酒杯
	这样的我真是讨厌

现在我想脱掉这迷恋的外衣

饮酒到忘记这一切

美子的歌一唱完，基范父亲就热烈鼓掌。美子吓了一跳，
回头看他。

基范父	哇！小旭外婆！您唱歌真是厉害。
美子	哎哟，让你说得都不好意思了。等你来的时候，我就……有点无聊就唱了唱歌。
基范父	看您这架势，年轻的时候肯定俘获过不少男人的心吧。您这范儿可不是开玩笑的。
美子	我实话实说……真的，我八字比较硬。
基范父	话说回来，您找我有什么事？还专门找到这里来？
美子	（突然消沉）那个……也不是别的事，那个五百万，我要交的钱……你能借给我这么多钱吗？除了你，我也不知道该和谁说……
基范父	（用遥控器关掉伴奏音乐。练歌房里突然安静得有些冷清。）哎哟，这可出大事了。小旭外婆，您可不能这样。

美子	我知道。我都知道……但是不管怎么想，也没有能凑齐钱的地方……所以我才开口的。我一定还给你。哪怕我在这里打工，也一定会还给你的。我什么事都愿意做。
基范父	很抱歉，我也没有余力能借钱给小旭外婆您。这练歌房里也没有您能做的事。
美子	那我该怎么办啊？（笑）看来只能抢银行了……
基范父	和小旭妈妈说说吧。您为什么不告诉她呢？您不是说和女儿什么话都说吗？不是说你们是永远的朋友吗？

54. 教室（白天 / 内景）

诗歌教室。黑板上写着"我人生中美丽的瞬间"的字样，学员们一个接一个在讲自己的故事。一个六十岁出头的女学员正在讲自己的故事。

| 学员 4 | 我……平时会去教堂。我们的教堂非常古老，也很漂亮。春天……院子里的树长出尖叶，崭新的叶子……是嫩绿色的。 |

那种颜色非常悲伤。不是有一种说法是
太美丽所以觉得悲伤吗？所以，我都会
摸一摸那些叶子再走。哎哟，怎么会这
么漂亮啊？我会说这样的话……听说这
是年纪大了的证据。我虽然也生过病，
也有痛苦的时候，但也很幸福。我很幸
福。（笑）

CUT TO

一个看上去四十岁出头，胳膊粗壮、非常健康的女性正
在讲述。

学员5　　　　　　我现在陷入了爱情。但因为这份爱情太
　　　　　　　　美了，所以我很心痛。嗯，我为什么说
　　　　　　　　心痛呢……因为这是无法得到结果的爱
　　　　　　　　情。那个人有家庭，我也有家庭。我曾
　　　　　　　　以为我很讨厌那个人，他的脾气真的很
　　　　　　　　不好。但是去年一次加班后，我们一起
　　　　　　　　走出公司……不知道怎么就……睡到
　　　　　　　　了一起。真的就那一次。但是……所
　　　　　　　　以……我很努力地想忘掉那个记忆，但
　　　　　　　　却做不到，而且越想忘记就记得越清楚。

所以我想，都说眼不见心变远……但我
的视线好像无法离开他。我真的就像个
疯子一样，一会儿哭一会儿笑的……我
真的痛苦到想死……但那痛苦真的很美。
（露出微笑）

CUT TO

美子坐在前面，讲着自己的故事。不知是不是到了太阳
下山的时候，教室里看起来有些昏暗。

美子　　　　　我想起了很小时候的一个瞬间。也许是
　　　　　　　我脑海中最初的记忆。因为太小了，我
　　　　　　　也不知道是几岁，三岁……四岁……？
　　　　　　　因为我妈妈生病了，所以应该是姐姐照
　　　　　　　顾我。我……姐姐和我相差七岁。窗
　　　　　　　帘在地板上……红色的窗帘垂在地板
　　　　　　　上……（美子仿佛回到了那时，像是说着现
　　　　　　　在的自己眼前看到的事物一样。）窗帘稍微
　　　　　　　敞开一点缝隙，阳光就这样照进来……
　　　　　　　能看到姐姐的半张脸……另一半在阴影
　　　　　　　里面……姐姐好像正在给我穿漂亮的衣
　　　　　　　服。（她的情绪不由自主地激动起来。）美

子啊！来这儿！快来！她一边拍着手一边叫我……我摇摇晃晃地走了过去……即使我那时很小，也知道姐姐很疼爱我，她让我过去，我特别高兴……感觉非常幸福……我真的很美啊……我这样想。美子啊！来这儿！快来！美子啊……（抽泣）

55. 路上（白天 / 外景）

某条僻静的乡下公路。一辆公交车驶来，停下。美子从公交车上走下来，她望着车开走的方向，久久站在原地。镜头跟随她的视线横摇，可以看到新建成的大型混凝土桥梁。

56. 桥上（白天 / 外景）

以某人的视点从桥上往下看的风景，可以看到下面流动的江水和周围的山。鸟儿悠闲地飞走。镜头慢慢靠近桥栏杆的方向，美子的背影走入画面。美子站在栏杆旁，茫然地看着江水下面远处的风景。听到鸟叫声，她抬头看天空。头发随风飞舞，突然，她的帽子被风掀起来。美子发出一声短促的尖叫，想抓住飞起来的帽子，但帽子却被风吹得更远了。美子的视线追着飞向空中的帽子，过了一会儿，视线落到了桥下。

以美子的视点看到的桥下江水。垂直俯拍镜头。黑色的江水奔涌而下，从远处的混凝土桥墩中间流走。美子的帽子掉下来，顺着江水漂走了。

57. 江边（白天 / 外景）

风很大的江边。远远地看到一座横跨江水的桥。美子走在江边的沙地上。周围的树随风摇曳，美子的头发也被风吹乱，披散在脸上。美子跨坐在一块小岩石上，从包里拿出小本子。她似乎是想记录下涌现的灵感。望向天空的她表情恳切，但没那么容易就得到灵感。

插入镜头。空白的本子上突然砸下一颗雨滴，接着雨滴开始接二连三地落下来。本子被落下的雨打湿了。
雨滴落入江面，引起涟涟水波。

下着雨的江边，美子淋雨坐着。似乎像挨打一样，她接受着落在她身上的雨滴。

58. 公交车内（白天／内景）

行驶在雨中的乡村公交车内。从车内看到的视野，可以看到路边淋雨站着的美子。车停下，车门打开，美子浑身湿透，瑟瑟发抖地上车。司机用惊讶的眼神看着美子。美子走向车后排的座位，她的身体一直在发抖。

59. 超市（白天／内景）

美子走进超市。因为淋过雨，衣服都湿透了。看到这样的她，超市女人吃了一惊。

超市女人	您这是怎么了，大婶？这下雨天的，您衣服都湿透了……
美子	（向女人伸出手）请给我三楼的钥匙。
超市女人	您想继续工作？哎哟，您怎么改变心意了呀？

但美子没有回答她，只是伸着手。超市女人有些不好意思地笑了。

超市女人　　　（递过钥匙）我以为您再也不来了。

美子接过钥匙后走向房门，超市女人注视着她的背影。

60. 姜老人的家（白天／内景）

即使是白天也显得有些昏暗的姜老人家的客厅。从关上的卧室里传出微弱的电视声。玄关门打开，美子走进来。她走到卧室门前，敲了敲门。然后打开门走进去。正在看电视的姜老人吃惊地看着她。美子一言不发地走进房间，在抽屉里翻找着什么。

姜老人　　　　找，找……找什么？

美子不作答，只是继续翻找，终于从抽屉里面找到了药片。她从水壶里倒了一杯水，抠出一片药片，一起递给姜老人。

美子	请吃这个。
姜老人	……

姜老人什么都没说，看着美子的脸。

美子	快点。

美子把药片递到老人嘴边。姜老人张嘴吃了下去。美子把水杯递过去，喂姜老人喝水。喝完水之后，美子扶着老人站起来。

61. 浴室（白天 / 内景）

从开着的浴室门中，可以看到赤裸地坐在浴缸中的姜老人。姜老人抬头看着美子。美子脱掉被雨水淋湿的外套，只穿一件打底背心，然后关上浴室门。淋浴喷头的流水声传了出来。

两人面对面坐在浴缸里。榻榻米位置的低机位镜头。美子用淋浴喷头洒水，手轻轻清洗姜老人的身体。姜老人难以置信般沉默地盯着美子。胸膛、肩膀、胳膊，美子的手慢慢向下探去。两人一直对视。老人依然惊讶地瞪大眼睛，表情扭曲地看着美子。美子的手不断移动，她的眼睛也一直没从老人的脸上移开。老人嘴里发出一阵奇妙的呻吟。虽然被浴缸遮挡住了，但美子的手一直在同一个地方，以同样的姿势重复着同一个动作。老人的嘴又张开了些，美子手上的动作不停，两人继续对视。接着，美子以坐着的姿势开始脱衣服，先脱了背心和胸罩，接着是内裤，衣服被扔在浴缸外面。然后，美子将身体慢慢靠近姜老人，变成一个面对面坐在老人身上的姿势。两人仍然对视。美子的身体开始慢慢上下移动，男人的姿势不变，就这样看着在自己眼前移动的美子。与其说这是一场性事，不如说更像在履行一场单纯的、不带任何感情的仪式。美子仍然保持跨坐在老人身上的姿势，温柔地移动自己的身体。突然，老人觉得自己的眼角有什么东西，才发现那是一行眼泪。美子继续沉默地移动身体，用手擦去老人眼角的眼泪。

62. 公寓前（白天 / 外景）

美子沿着公寓前的坡路往上走。她看起来有些疲惫，但另一方面，她的脸上又毫无表情，如空壳一般。

然后她走进公寓，一个四十岁出头的男人站在公寓前，
看到美子后笑着走了过来。

吴东民　　　　哎哟，您好。
美子　　　　　嗯……你好。

她稀里糊涂地打了招呼，看着男人。

吴东民　　　　您是朴宗旭的外婆吧？
美子　　　　　是……不过你是哪位？
吴东民　　　　啊，我是《京江日报》的记者吴东民。
　　　　　　　（递出名片）您最近很辛苦吧？
美子　　　　　（接过名片）没有，也没什么……没关系。
吴东民　　　　我看看……您坐这儿吧？

他爽朗地笑着，用手擦了擦旁边平台上的灰尘。

美子　　　　　啊？好的……

美子坐在平台上，吴东民挨着美子坐下。

吴东民　　　　外婆您真的非常时髦啊。

美子	啊？（笑）您这么称赞我，谢谢。
吴东民	你们和那边的家里和解还顺利吗？
美子	那个，好像不太顺利。
吴东民	为什么呀？是因为钱的问题，所以受害者家属不同意和解吗？
美子	那个啊，我也不太清楚……好像是那个女孩的妈妈没有和解的意思。
吴东民	啊……女孩妈妈啊……（慎重地点点头）一般受害者不同意和解都是因为钱，难道还有钱之外的原因吗？
美子	我也不是很清楚……

话说到一半，美子突然有种奇怪的感觉。紧紧盯着自己的吴东民的脸。美子突然吓得从座位上站了起来。

吴东民	怎么了？
美子	不行……
吴东民	什么不行？您怎么了？（想抓住美子的手臂）您先坐下，宗旭外婆……

但美子甩开他的手，向后退了几步。

吴东民	等等，我只问几个问题就好。等一下！
美子	不行！

吴东民向前走去，美子更加害怕，尖叫出声。然后转过身跑了起来。

吴东民也被吓了一跳，跟着追了几步又停下。美子拼命地跑，她没有去自己家所在的那栋公寓，而是往大路的方向跑。

大口喘着气奔跑的美子回头看。吴东民站在原地看着她的方向。但她还是深陷在恐惧中。她继续喘着气向前跑，然后拿出手机，给某处打电话。

63. 房地产中介所（白天／内景）

顺昌父亲房地产中介所的办公室内。民宿办公室也在一起。比起普通的房地产中介所的办公室，这里稍微宽敞一些。美子像打蔫了一样坐在沙发上，基范父亲、秉镇父亲坐在对面。顺昌父亲坐在自己的桌子后。

顺昌父	所以……说到了要和那个孩子的妈妈和解，但孩子妈妈却不听我们的。您就说

了这些，是吧？

美子点了点头。

基范父	真是的，要疯了，真是！所以之前不都和您交代过吗？让您说话小心点！《京江日报》的吴什么记者那小子果然紧咬不放啊。他到底嗅到了什么，每天在学校和警察局晃悠……
顺昌父	不是，反正也没明确说什么……不过，现在确实要快点想个办法，只要受害者家属不乱说，就还能控制住……啊，没时间了啊…… （从座位上站起来，走到沙发旁边。手拿文件袋的女职员打开门走进来，他马上伸手制止。）啊，你能过会儿再进来吗？现在我们正在说重要的事……
女职员	啊，好的……

女职员转身离开。顺昌父亲坐在沙发中间的小椅子上，看着美子说。

顺昌父	小旭外婆去见见那孩子的妈妈怎么样？
美子	什么？让我去？
	（一脸惊讶地看着顺昌父亲）
顺昌父	对，就是说让小旭外婆您去见见那个死去的孩子的妈妈，说服她和我们和解。
美子	哎哟，我这种人见了面能说什么呀？我不会说那种话。
顺昌父	就是从人情上求求她，你们女人之间聊聊……比起我们这些人，外婆您也许更合适。
秉镇父	对，这是个主意。独自抚养外孙的可怜老太太去求情，您看如何？都是女人……一边再流点眼泪……就这样。
基范父	就这样吧，小旭外婆。快点见面吧。明天我用我的车送您过去。

但美子没能马上回答，只是看着他们。

64. 田野（白天 / 外景）

远景镜头。在田野间的道路上疾驰的基范父亲的车。远处可以看到小小的村子。

65. 村子入口（白天／外景）

某个能看到破旧房子的典型农村的入口，基范父亲的车停下来。

基范父	谈完了您给我打电话，我马上就能过来。
美子	（从车里出来）我坐公交车回去吧。我看见那边有公交车站。离开的时候我自己能回去。
基范父	总之，您若需要就给我打电话。好好向对方求求情。现在全靠小旭外婆了，您明白吧？
美子	嗯。

基范父亲为了掉头倒着车。美子往村子里走去。车子经过美子身旁时停下来，美子回过头看，基范父亲探出身子，摇下车窗。

基范父	您的衣服太艳丽了！和这个村子太不搭

调了！

美子　　　那怎么办啊？（像孩子一样哭丧着脸）那直接回去吗？等以后换个衣服再来……

基范父　　都已经到这儿了，还怎么回去？总之，好好和对方说说，千万不要说刺激对方的话……知道了吗？您明白现在是什么情况吧？

美子　　　……我努力看看。

66. 熙珍的家（白天 / 外景）

院子一边乱糟糟的仓库旁边的狗窝上拴着一条狗，狗疯狂大叫，像要把链子挣断一样。画面里传来美子的声音。

美子（O.S.）　　打扰了！

没人回答。狗仍在叫唤。

美子（O.S.）　　有人在吗？

镜头从狗叫的方向横摇。美子走进院子，环顾四周。大门开着，但房子里好像没人。

美子一个人坐在暂时没人的房子的廊厅地板上。狗现在好像没那么兴奋了，反而摇着尾巴看美子。

美子　　　　（对狗说话）这家的人都去哪儿了？

她看着挂在廊厅墙上的相框。
相框里是各式各样的全家福，其中也有看上去是熙珍的少女的单人照。起先美子只是远远望着照片，然后她脱掉鞋，走到廊厅的地板上。她走到照片前，低头仔细看。插入镜头。看起来像是小学毕业典礼上，熙珍拿着毕业证书拍的照片；在某个游乐场一样的地方，她做出 V 字手势，开心笑着拍的照片；还有一张表情看起来略显忧郁的照片。
美子久久注视着这些照片。

声音（O.S.）　　您找哪位？

美子被这人的声音吓了一跳，转过身来，低矮的院墙那边，邻居女人面露怀疑地看着美子。

美子	不是……这家人好像都出去了？我看大门开着就进来了，但家里好像没人。
邻居女人	那家的大婶去田地里干活儿了，不在家。您有什么事吗？
美子	那个……有些话要说就来了。
邻居女人	太阳落山她才会回来……您去她干活儿的地方找找看吧。
美子	要怎么去啊？

邻居女人用手指了指村子另一边。

| 邻居女人 | 您往那边走，会看到一个塑料大棚，走过那个大棚以后，就能看见溪水边有一块地，她应该就在那儿。 |

67. 田地（白天 / 外景）

离村子不远的田地。镜头从水坑开始向上摇，然后用大远景镜头，拍摄美子走在田野里的样子。

68. 田间小道（白天 / 外景）

美子朝着少女母亲干活儿的田地走去。慢慢走在安静而平和的乡间小路上，美子的心情变得轻松起来。鸟儿叽叽喳喳地从她头顶飞过。

美子　　　　　哎哟，叫得真是欢啊……

美子发出像接连叹息般的喘气声。她抬头看看天空，再环顾周围的树木，还摘下一朵路边的野花。秋天的阳光温暖地照射着，微风吹拂着她的头发。在这个环境里，似乎马上就能写出一句诗来。

在某棵树下，她突然停下脚步。地上掉了很多杏儿。美子捡起一个来，仔细看了看，然后咬了一口。从她的表情来看，杏儿很好吃。

她拿出小本子，蹲下来开始写着什么。

杏儿舍身投向大地
被摔烂，被践踏
为了自己的下一生

美子继续走路。远处的田地中间，一个女人正弯腰干活儿，美子朝她的方向走去。

69. 田地（白天 / 外景）

一个看上去四十五岁左右的女人（熙珍母）正在田地里干活儿。农妇的脸被晒得黑黝黝的。

美子　　　　您好？

美子走近，向女人问好，女人也直起腰来回应她。

熙珍母　　　啊，您好。
美子　　　　天气真好啊？
熙珍母　　　是啊，这天气适合干活儿。
美子　　　　这里真是个好地方。景色也很美……我
　　　　　　真想生活在这里。
熙珍母　　　生活在这里……不太容易。

女人笑着说。她似乎把美子当成了来这里游玩的命好的城市女人。美子给女人看自己手里的杏儿。

美子	我来的路上还捡了杏儿。地上掉满了杏儿。我咬了一口，结果很好吃。
熙珍母	本来就是掉在地上的杏儿最好吃，还在树上的杏儿太涩了，不能吃。
美子	啊，这话没错。确实很好吃。（又咬了口杏儿）刚才我看到杏儿掉在地上，想着它真的很急迫啊。它把自己的身体投向大地，摔得裂开口儿，被别人踩烂，然后准备着自己的下一生。（笑出声）我活了一辈子，今天还是第一次知道杏儿是这样的。
熙珍母	（不知道这个女人在说什么的表情）
美子	而且，杏树旁边是百日红，百日红落花的时候多么美啊！来的路上我在想，能走在这样的路上真是一种福气。我太喜欢花了……只要看着花就觉得很幸福。只要看着花，不吃饭都会觉得饱了。

听着美子的话，女人笑出了声。然后又看了一眼美子，说道。

熙珍母	因为您这么美，所以也喜欢花吧。

美子	呵呵呵，你觉得我美吗？哎哟，谢谢你。我确实比较爱打扮。
	(突然觉得好像说了太多自己的事了）今年农收怎么样啊？
熙珍母	……就那样吧。
美子	今年是个丰收年，要多赚点钱才行……你说是吧？
熙珍母	丰收年的时候，粮食价格上不去……收成不好的时候，又有收成不好的难处……什么时候都不容易。
美子	不过……希望你收成好一些。那你忙吧！
熙珍母	好，您慢走……

美子对女人笑着告别，然后离开。女人继续弯腰干活儿。美子的脸上还保持着微笑，但刚走出几步，她突然停下脚步。她的脸上慢慢露出震惊和恐惧的表情，这才想起自己为什么来这个地方。美子回过头去看，女人仍然在原地干活儿。现在时光也无法倒流。女人好像忽然看了看这边。美子赶快转过头，继续向前走。她的脸僵成了一块石头。

70. 公交车站（白天 / 外景）

美子独自坐在村子前的公交车站等车。她像丢了魂儿一样。画面中听到公交车驶来的声音，公交车停在她面前，门开了，美子却一动也不动地坐在那里。

71. 公交车内（白天 / 内景）

美子坐在公交车的最后一排，正在打电话。看上去是在和基范的父亲通话。

美子　　　　　是……就是说啊……我没见到她。家里
　　　　　　　没有人。所以等了一会儿就走了。对不
　　　　　　　起……什么？是对不起啊，去了也没见
　　　　　　　到就回来了……

72. 咖啡厅（晚上 / 内景）

夜晚的咖啡厅。正在举行诗朗诵会。舞台上站着一个四十五岁左右的男人，正在朗诵郑浩承[8]诗人的诗。

男会员1   相爱，然后死去

              否则毗卢遮那佛怎么会悬坐手指上

              等待，然后死去

              否则阿弥陀佛为何砍下头颅当作枕头

人们听得很认真。特写镜头。镜头对准美子的脸，画面
是她的脸，背景中是诗朗诵的声音。

男会员1   直到破晓时分

              供奉摩旨 [9] 的钟声仍未响起

              我在浮石寺幢竿支柱 [10] 前坐了一生

              也没能为你奉上一顿饭

              在眼泪中建一座庙，又拆毁

              在悬空的石头上建一座庙

人们鼓掌。女主持人走出来，接过麦克风。

主持人   相爱，然后死去。是啊，我也希望能相
              爱然后死去。真是一首让人如同洗过冷
              水澡，一下子就清醒过来的诗啊。下面
              有请朴尚泰朗诵安度眩 [11] 诗人的诗。

朴尚泰接过麦克风，开始朗诵诗。他的气质与安度眩的诗看上去不太相符，但又微妙地很合适。

朴尚泰　　　　问你！
　　　　　　　（以严肃的语气念出，又笑着抬起头）
　　　　　　　这是诗的题目。

人们笑了。朴尚泰开始朗诵诗，仍然是严肃的语气。

朴尚泰　　　　不要随意用脚踢煤炭渣
　　　　　　　你可曾有一次对谁炽热过吗？

朴尚泰抬起头。

朴尚泰　　　　结束了。因为很短，所以是首好诗。

在把麦克风递给主持人之前，他又说了一句。

朴尚泰　　　　刚才主持人说了洗澡的话题，最近天气
　　　　　　　太热了，一天不洗澡就不行，对吧？我
　　　　　　　对洗澡做了一些研究。（人们开始笑）你
　　　　　　　们知道洗澡有五步吗？不知道？洗澡的

五步是……第一步，洗澡！第二步，躺下！（人们开始大声笑）第三步……（略微隐秘的语气）竖起来！下一步……插进去！（大笑。特别是女人们咯咯笑着，没办法忍住笑。）最后……（稍微停顿了一下，左右看看大家）谢谢！ [12]

人们边笑边为他送上掌声。可以听到女人们响亮的笑声。

朴尚泰　　谢谢大家。想要健康，要多刺激一下末梢神经。现在我已经出院，开始上班了。如果有什么事要找警察，大家就来找我吧。

朴尚泰打完招呼后，走下舞台。主持人笑着接过朴尚泰递来的麦克风，笑着说。

主持人　　对，都说笑容是对健康最好的补药，朴尚泰老师总是给我们送上一大碗补药，谢谢他。

美子　　（向坐在旁边的赵美惠问道）那位好像是警

察呀？

赵美惠　对，他很有趣吧？

美子　这里是爱诗者的聚会，喜爱诗不是应该
　　　寻找美吗？但他每次都讲那种话……就
　　　像在亵渎诗一样。

赵美惠　（笑着）那位虽然看起来是那样，但其实
　　　是很单纯的人。他原来在首尔警察厅上
　　　班，但因为揭发了警察之间的腐败，惹
　　　了不该惹的人，才被发配到这小地方来
　　　当警察。

美子　是吗？和看上去有点不一样啊。

美子新奇地看着朴尚泰。朴尚泰走回自己的座位，不知
道在和周围的女人们说着什么玩笑，他们笑成一团。

73. 餐厅（晚上 / 内景）

餐厅的包间里，诗朗诵会的人们分两三张桌子坐着。看
上去已经吃完饭，正在喝酒。美子和赵美惠，还有几名
女会员坐在一起。旁边的桌子上，人们因为朴尚泰的笑
话大声笑着。赵美惠叫了下朴尚泰。

| 赵美惠 | 朴老师！朴老师！（指了指美子）这位，她说朴老师您亵渎了诗。 |

坐在美子周围的女人们都笑了。美子也跟着笑了笑。朴尚泰没说什么，用已经有醉意的眼睛看了看美子，从座位上站起来，走到美子面前。

朴尚泰	我们时髦大姐是因为什么觉得我亵渎了诗呢？
赵美惠	朗诵诗应该是爱诗的吧？
朴尚泰	所以呢？
赵美惠	爱诗不就应该是寻找真正的美吗？
朴尚泰	真正的美……那个有点难……我没什么文化……就算是吧……？
赵美惠	可是在寻找美的场合，朴老师您却每次都说些荤话……
朴尚泰	（向着美子）哎哟，对不起，大姐！我亵渎了诗，对不起。我会反省的。所以……（给美子面前放着的酒杯添上烧酒）我给您倒一杯酒吧。
美子	我不会喝酒……
朴尚泰	那也喝一杯吧，想写出诗来，要么喝酒，

要么恋爱才写得出啊。

没办法，美子只好拿起酒杯。在美子喝酒的时候，诗朗
诵会的会长和金龙卓诗人一起走进包间。金诗人带来一
位看上去四十岁出头的年轻男人。两人看上去已经喝得
有些醉了。会长拍拍手，引起大家的注意。人们看向
会长。

会长　　　　大家看过来！大家都知道金龙卓诗人
　　　　　　吧？我正好碰到他在旁边的房间喝酒，
　　　　　　就把他硬拉到我们这儿来了。

人们鼓掌。

金诗人　　　很高兴见到大家。我不是被硬拉来的，
　　　　　　我听说爱诗协会的会员们在这里聚会，
　　　　　　就主动要求过来和大家打个招呼。我今
　　　　　　天本来是和后辈来这里喝一杯的，旁边
　　　　　　的这位朋友是黄明承诗人。

人们再次鼓掌。但黄明承诗人没有和大家打招呼，一直
低着头，手微微抬了一下，看上去像是已经喝多了。

女会员2　　　　　老师，您请坐。坐下和我们喝一杯吧！

金诗人和会长一起坐在美子对面的座位上。黄明承诗人
也一道坐下。美子和金诗人打着招呼。

美子　　　　　　老师，您好。

金诗人　　　　　哦？您也是这里的会员吗？

美子　　　　　　不，我不是会员，只是一起参加了朗诵
　　　　　　　　会就跟来了。

金诗人　　　　　总之……在如今这样诗逐渐消亡的时代，
　　　　　　　　还能有像各位一样热爱诗的人，我真是
　　　　　　　　非常感激和幸福。

赵美惠　　　　　（看起来有些忧虑）老师，您为什么说诗
　　　　　　　　在逐渐消亡？

金诗人　　　　　是在逐渐消亡啊，诗。因为不幸的是……
　　　　　　　　现在人们已经不再读诗，也很少有人写
　　　　　　　　诗了……

黄明承　　　　　（喝醉酒而低着头）哎哟，诗这种东西，
　　　　　　　　死了也是活该！

金诗人　　　　　（像在解释）这位朋友虽然很年轻，但感
　　　　　　　　性非常突出。今年还入围了素月文学奖，
　　　　　　　　他的诗打破了常规。"像死去一个月的猫

般的天色。"像是这样的句子……（笑）

美子　　　　老师，要怎么做才能写出诗来呢？

美子的提问太过突然，金诗人一时间有些慌张地看着美子。人们也都看着美子，有人似乎觉得很无语地笑了。

金诗人　　　真的很难吧，写诗这件事……

金诗人含糊地回答，但美子的表情却十分恳切。

美子　　　　太难了。不管我怎么努力，想破头也不知道该怎么写诗。要怎么做才能写出诗来呢？老师您上课的时候不是说过吗，每个人的心中都有诗……关在心中的诗会插上翅膀飞出来……

可以听到有人咯咯笑的声音。黄明承低头笑起来。他看着金诗人说。

黄明承　　　前辈您还说过那样的话？哇，真是了不起！

金诗人没接话。美子仍然看着金诗人。这时，那边的座
位上有个人站起来，人们鼓掌。一个头发花白、看上去
六十岁出头的男人和大家打招呼。

男会员 2　　　　为了欢迎两位诗人，我为大家唱一首歌。

男会员深吸一口气，然后用油腻的男中音开始唱歌。是
用德语演唱的舒伯特（Franz Schubert）的《菩提树》
(*Der Lindenbaum*)。虽然不是十分动听，但也让大家很
尽兴。人们都在听那人唱歌。

74. 餐厅院子（晚上 / 外景）

黑暗的餐厅院子。朴尚泰为了抽烟来到院子里，点上一
支烟。他独自抽着烟，发现院子另一边有个什么人，于
是慢慢走向那里。美子正一个人蹲在院子一角。

朴尚泰　　　　大姐，您怎么一个人在这儿?

但美子低着头，一动也不动。不知为何，看上去像在哭
一样。朴尚泰弯下腰问她。

朴尚泰	您没事吧？
美子	……
朴尚泰	喝醉了吗？

美子仍然没有回答。朴尚泰的腰弯得更低了，似乎听到微弱的呜咽声。他无言地看着美子，然后说。

朴尚泰	大姐，您怎么哭了？是有什么事吗？
美子	（仍然没有回答。但可以听到呜咽声又开始了）
朴尚泰	是因为诗才哭的吗？因为写不出诗来？
美子	……

美子继续哭泣。朴尚泰有些尴尬地站了一会儿，然后蹲在她旁边。他无言地等待着她停止哭泣。

75. 美子的家（夜晚 / 内景）

黑暗的公寓内部。美子打开门走进来。她打开客厅的灯，把包放在餐桌上，在原地站了一会儿。她看向小旭的房间，孩子好像已经睡了。美子走向孩子的房间，打开门。孩子房间的灯是关着的，他正在睡觉。美子站在门口看了一会儿孩子，然后走向餐桌。

美子站在餐桌前翻包，然后拿出了什么东西。那是放着熙珍照片的塑料相框。她捧着看了一会儿，然后把相框放在餐桌上。

插入镜头。塑料相框中熙珍的脸。

站在餐桌前看着相框的美子的脸。

76. 美子的家（早晨 / 内景）

早上。美子站在水槽前做早饭。小旭打开房门走出来。美子回过头来看孩子。

美子　　　　　怎么回事，今天不是周日吗？我以为你
　　　　　　　会睡一整天……

宗旭没有回话，坐在餐桌前。餐桌上摆放着有熙珍照片的相框，美子观察宗旭的反应。

小旭似乎看到了相框，他好像吓得瑟缩了一下。但孩子移开视线，然后看了看美子。美子也看着孩子。两人一时沉默地看着对方。

宗旭	给我饭，我饿了！

这肯定不是她期待的反应。但美子没有流露出内心的情绪。她沉默地给宗旭摆好筷子和勺子。

77. 美子的家（白天 / 内景）

美子透过客厅里阳台的窗户向下看去。
可以听到孩子们的笑声。

78. 公寓前（白天 / 外景）

以美子的视点看去，周日上午悠闲的公寓前空地。俯瞰。两个大概十岁的女孩正在玩呼啦圈，小旭在一旁看着。一个孩子玩得不太好，呼啦圈总是掉在地上。小旭拿起掉在地上的呼啦圈，给她们做起了示范。小旭一边有节奏地扭动腰部，一边看着孩子们滑稽地笑。孩子们也笑了。

小旭认真地扭动身体，像跳舞一样有节奏地扭动。

女孩们看着小旭，小旭仿佛沉浸在转呼啦圈这事中，镜头对准小旭陶醉的脸。

79. 房地产办公室（白天 / 内景）

美子打开门走进来，打着招呼。

美子　　　　　您好。
基范父　　　　哦？小旭外婆，您来了？

坐在沙发上的基范父亲看着美子打招呼。他们正在和一男一女说话。

美子　　　　　现在有客人在，我一会儿再……
基范父　　　　不用，快请进！快请进！这是小旭外婆
　　　　　　　也认识的人，快请进。

基范父亲站了起来，把美子拉到沙发旁，让她坐在沙发上。美子这才认出其中一人是上次见过的吴东民记者。坐在记者旁边的是熙珍的妈妈。美子既震惊又慌张，但现在要走已经太迟了。基范父亲向他们介绍美子。

| 基范父 | 打个招呼吧，小旭外婆。这是熙珍的妈妈。 |
| 美子 | ……你好。 |

美子低着头打招呼，然后和熙珍母亲四目相对。熙珍母亲的脸一下子僵住了，但美子什么都没说。

| 基范父 | 这位是叫朴宗旭的孩子的外婆。（转过头看向美子）上次您说去过熙珍家一次……小旭外婆非常心痛和抱歉，想去向您道歉，所以就找到您家里去了……听说没见到就回来了？ |

熙珍母亲沉默地看着美子，脸上是完全无法理解的表情，似乎想开口说什么，最后又什么也没说。一时间有些尴尬的沉默流淌在空气中。

顺昌父	（向着熙珍母）那个……听说熙珍的弟弟明年要上初中了，是吧？
熙珍母	是的。
顺昌父	不知道他学习怎么样。要好好学习才行啊……

熙珍母　　　……就那样吧。

顺昌父　　　是……要好好学习才行……妈妈一个人
　　　　　　这么辛苦……

美子突然从座位上站起来，向门的方向走去。基范父亲
吃惊地看着她。

基范父　　　小旭外婆，您要去哪儿？

但她什么都没说，打开办公室的门走出去。

80. 房地产中介所前（白天／外景）

美子走出房地产办公室，好像想快点逃离一样，在她正
要过马路的时候，基范父亲从办公室里追了出来。

基范父　　　小旭外婆！

美子停下脚步，转过身来，基范父亲朝她走来。

基范父	您怎么来了又这么走了？那个……钱准备好了吗？
美子	其实……我没凑够钱。我本来是来说这个的，担心你们在等我……
基范父	那可怎么办啊？（激动地抬高了声音，然后又冷静下来）现在真的很紧急了。我们和孩子妈妈说得差不多了，真的好不容易才把她请到这里来。那边那个记者帮忙搭的桥……听懂了吗？可您现在说没凑够钱，让我们怎么办啊？（有些郁闷地看着美子）您没和女儿说吗？
美子	还没说。
基范父	为什么没说啊？您得说啊！您还不明白现在是个什么情况吗？

美子看向办公室的方向。透过玻璃窗，可以看到沉默地看着美子的熙珍母亲的样子。玻璃窗反射着极度日常忙乱的街道风景，窗边一角是看起来像被马赛克处理过的熙珍母亲的脸庞。两人沉默地看着对方。

81. 街上（白天／外景）

和基范父亲分开后，美子横穿车来车往的宽阔大路。她看上去有些危险。汽车司机们鸣笛警示，但她好像什么也听不到。

82. 姜老人的家（白天／内景）

姜老人家的客厅。今天不知是什么日子，老人的家人们久违地聚在一起。两个儿子夫妇和孩子们都来了。孩子们一个接一个亲吻坐在椅子上的姜老人。孩子们并不情愿，但还是勉强走到爷爷跟前，皱着脸亲吻爷爷的嘴，然后赶快走开。但大人们好像觉得这个场景很有趣，大声笑着。姜老人歪斜的脸上也露出了扭曲的笑容。

这时门铃响了。一个儿子出去了。可以听到玄关那边有人在说话，然后儿子和美子一起走了进来。

超市女人　　（有些惊讶地站起来）天哪，大婶。您有什么事吗？怎么突然就来了？

美子　　　　我来得太突然了是吧？

超市女人	是啊，有什么事啊？
美子	那个，我有话要对会长说。

美子看着姜老人，姜老人也看着美子。家人们默默地看
着两人。然后，姜老人拄着拐杖费力地站起来，先走进
卧室。美子也跟着进去。

83. 姜老人的卧室（白天 / 内景）

房门开着，可以看到客厅里的人们聊天的样子。孩子们
自己打打闹闹，玩成一团，跑进爷爷的房间，又跑出去。
姜老人坐在自己的座位上看着美子。美子在小本子上写
了什么，递给姜老人。是那个她总带在身上记录灵感的
小本子。姜老人接过本子，看上面写的字。

插入镜头。小本子上美子写的字。

请给我五百万元。
拜托了。
请不要问我原因。

姜老人抬起头看美子。

美子	（压低声音）我原本想说请您借给我……
	但好像不能那么说。反正我也没法还上。
姜老人	为……为什么，我要……

姜老人意识到自己不由自主地提高了声音，于是拿起圆珠笔，开始在美子的小本子上写字。美子接过来看。

插入镜头。姜老人歪歪扭扭的字迹。

我为什么要
无缘无故给你钱

这时，女主人端来一杯果汁，放在美子面前。美子马上把小本子推到旁边。

超市女人	（笑着看美子）您和我爸爸有什么事要说
	啊……好像是很重要的事啊？
美子	（看着女主人笑着说）也不是什么特别的
	事……（停顿）会长有笔钱没给我，所以
	我来了。

超市女人　　　　（笑着）有笔钱？什么钱啊？

因为美子像开玩笑一般笑着，女主人也分不清她说的到底是真的还是在开玩笑。她保持着笑容，看向自己的公公。

超市女人　　　　爸爸，您欠这位大婶的钱啊？

姜老人没有回答。美子也只是微笑，不再说话。女主人看看两人，尴尬地笑了笑，从座位上站起来走了出去。姜老人在小本子上写字。美子接过来看。
插入镜头。姜老人的字。

你威胁我

美子　　　　　您怎么想都行。我不会辩解的。

美子泰然自若地说，她的表情让人猜不透她心里在想什么。姜老人沉默地看着她，一边的脸抽动着。

84. 房地产中介所（白天 / 内景）

顺昌父亲的办公室。中餐馆的送餐员正把食物放到桌子上，他们点了很多吃的。基范父亲随意地把桌子上的盘子摆好，另一边，顺昌父亲在和什么人打着电话。

顺昌父　　　是，是……泰烈父亲说马上就来，秉镇父亲有别的事，一小时以后再来。是，您来吧。好的。

美子打开门走进来。两人看着美子。美子走到基范父亲面前，打开包，拿出装钱的信封。

基范父　　　啊，您终于凑齐钱了？
　　　　　　（接过信封）
美子　　　　（好像想说什么）那……我就先走了。
基范父　　　请坐吧，您怎么这么忙？

美子没办法，只得坐下。基范父亲看了看信封里面，然后看着美子笑了。

基范父　　　全都是现金啊？您真的去抢银行啦？

美子	和熙珍妈妈是不是都谈好了？
基范父	是的，都说好了。现在只要把三千万赔偿金打过去，这件事就干干净净地结束了。现在小旭外婆的钱也准备好了，no problem！（笑）现在完全没问题了。所以，我们几个现在打算喝一杯……大家心里都累了一阵子了……
美子	现在就这样结束了吗？……完全结束？
顺昌父	也不能说完全结束了。如果受害者是成年人，只要和解就算结束了；但如果是未成年人，只要有人报警，警察还是会立案侦查的。不过我们和学校谈好了，媒体那边也安顿好了，和受害者家属也都和解了，现在应该不用再担心了。小旭外婆应该也还没吃饭吧，要不和我们一起吃吧？
美子	我要先走了。（从座位上站起来）

85. 街上（白天 / 外景）

美子从房地产办公室里出来，走在街上，镜头跟着美子。

这像是一条有很多青少年来玩的街道。美子在游戏厅前停下脚步，她抬手遮光往里看，然后打开门走进去。

86. 游戏厅内（白天 / 内景）

游戏厅里。孩子们三三两两坐在游戏机前打游戏。游戏机发出的各种声音吵闹又混乱。美子向里面走去，镜头跟在她后面。在角落里的一台游戏机前，小旭和朋友们正围成一堆，嘻嘻哈哈地打着游戏。小旭回头一看，美子沉默地拽着小旭的胳膊往外拉。

宗旭　　　　怎么了？

美子　　　　出来！

宗旭　　　　啊，怎么了啊？

美子不说话，只是拽着小旭的胳膊。感觉到外婆的气势不太寻常，一开始还强硬的孩子乖乖地跟着她出来。孩子的朋友们笑着看这一切，还有打招呼说"您慢走"的小子。

87. 比萨店（白天 / 内景）

不是很大的比萨店内。美子和宗旭坐在一张桌子前，服务员把比萨端上了桌。

服务员　　　　请慢用。

宗旭拿起一块比萨吃了起来。美子没动比萨，只是看着孩子吃东西的样子。

美子　　　　好吃吗？

宗旭　　　　……

美子　　　　好吃吗？

宗旭　　　　（点点头，只顾着吃）

美子　　　　今天回家以后洗个澡。

宗旭　　　　为什么？

美子　　　　没什么……洗了澡，手上和脚上的指甲都剪一剪……头发不久前才理过，不用再剪了……要整洁端正。明天你妈妈也会来……

宗旭　　　　妈妈为什么要来？

美子　　　　我叫她来的……你很久没见妈妈了吧？

宗旭再也没说话，只是埋头吃着比萨。

88. 美子的家（晚上 / 内景）

客厅的窗外一片黑暗。美子正在给宗旭剪脚指甲。孩子像是刚洗完澡。

美子　　　　　你看看，这里的污垢还没洗干净。不知道你有什么好舍不得的，还把污垢留在这里？嗯？

宗旭　　　　　（没有回嘴）

美子　　　　　洗澡的时候，脚后跟、这里，这些地方要好好搓洗，搓澡巾是摆设吗？是颜色好看才拿进去的吗？

宗旭　　　　　……

美子　　　　　你总是这样。洗个澡也糊弄了事。洗脸的时候也是光洗脸，就和猫洗脸一样……耳朵后面、脖子后面……这些角落都不洗……人什么时候都要……保持身体干净。身体干净了，心灵才能干净。

这都是已经听腻了的唠叨。但她一边唠叨，一边还是细致地帮外孙剪脚指甲。孩子沉默地坐着把脚伸给她。一时间只能听到剪脚指甲的声音——咔，咔。

89. 公寓前的空地（晚上 / 外景）

路灯亮着，看起来不是那么昏暗。美子和宗旭正在打羽毛球。孩子们在一边玩耍，花坛边的长椅上，几个穿睡衣的老人正在聊天。这是个平静的夜晚。

在黑暗的半空中，羽毛球一来一往，划出白色的抛物线。每挥动一次球拍，就能从美子的口中听到像小孩一样兴奋的呼吸声，或者遗憾的尖叫。宗旭看起来有些敷衍地陪她打球，但已经算是尽力配合了。

两个人打羽毛球的时候，画面一侧的大路上开进来一辆车。车停在公寓入口处，从车上下来两个男人。两人走近一些，可以看出其中一人是朴尚泰。他旁边是看起来年轻一些的男人（金刑警）。他们像在欣赏美子和宗旭打羽毛球，站在一旁看了一会儿。

朴尚泰　　　　　（像在为美子加油，开玩笑般地大喊）Nice
　　　　　　　　shot！打得好！打得好！

美子虽然认出了朴尚泰，但没有打招呼。他们像常见的
小区居民一样自然，两人打羽毛球，另两人站在一旁观
看。宗旭打过来的羽毛球越过美子的头顶，挂在后面的
树枝上。美子走到树下，露出有些为难的表情。

挂在树枝上的白色羽毛球。从树枝方向俯瞰。美子仰望
上方，想用球拍碰到树枝，让羽毛球掉下来，画面中出
现小旭走过来的样子。这时，男人们叫住了小旭，小旭
停下脚步，回过头看。然后，宗旭走向男人们的方向，
两人向宗旭说着什么。在此期间，美子仍然继续挥舞着
球拍，想把羽毛球晃下来。羽毛球将掉未掉。终于，球
拍碰到了树枝，羽毛球掉在地上。美子走过来，捡起羽
毛球。

她捡起球转过身，朴尚泰代替宗旭，拿着球拍站在对面。

朴尚泰　　　　　大姐！我来教您一招儿吧？
　　　　　　　　（他开玩笑地挥动着球拍。年轻男人经过，对
　　　　　　　　他说）

金刑警	你这姿势总是差点意思啊，朴刑警。
朴尚泰	我的姿势怎么了？这已经算帅了好吗！
	（对美子大喊）来，大姐！发球吧！

年轻男人带着宗旭走向停车的方向。两人经过正要发球的美子身边。美子和宗旭四日相对，但两人什么都没说。美子发球，朴尚泰大喊着接球，然后美子又打回去。在黑暗的半空中，白色的羽毛球来来回回。两个人意外地配合得不错。每次击球，朴尚泰都会夸张地叫出声音。

| 朴尚泰 | Nice shot！真不错！我们大姐真帅气！ |

但是美子没接住球。她转过身，捡起落在地上的羽毛球。画面中可以看到年轻男人和宗旭一起上了车。车灯亮了，然后启动，开走了。美子一直看着车的方向，直到车驶过公寓楼消失才转过身。朴尚泰用手势比出继续打球的意思，美子继续发球。
这时，不知为何，朴尚泰也开始不说话了。两人在沉默中打着羽毛球。在黑暗中，只有白色的羽毛球无声地飞来飞去。

90. 美子的家（晚上 / 内景）

美子家公寓的客厅。美子坐在餐桌前的背影，她看上去正认真地写着什么。只有她被电灯照射的正脸是明亮的。

91. 教室（白天 / 内景）

插入镜头，桌子上摆放的花。明亮的阳光透过窗户照进来，文化院的教室很亮堂。这是文学讲座的最后一节课。在上课之前，几个女学员聚在一起闲聊，嘻嘻哈哈地笑着，然后金诗人走进来。女人们咯咯笑着，快速走回自己的座位坐下。金诗人看到了放在桌子上的花。

金诗人　　　　今天是最后一天，还给我送了花啊。谢谢大家，我很感动。

他的表情似乎真的很感动。有人有些犹豫地说。

学员 3　　　　其实……花不是我们放的。是梁美子小姐放下又走了。

金诗人　　　　梁美子小姐？

仔细一看，桌子上还放着一张白纸。金诗人拿起那张白纸看了看。

金诗人　　　　她还写了诗。但是她去哪里了？

没有人回答。

金诗人　　　　还有谁写了诗吗？之前不是说今天要写
　　　　　　　一首诗带来吗？有谁写诗了吗？

他看着学员们。但是没有人举手。

金诗人　　　　没有一个人写诗吗？

金诗人又问了一次。学员们不好意思地笑了。

金诗人　　　　写了诗的人只有梁美子小姐啊。
学员4　　　　太难了。
金诗人　　　　不是的。不是写诗太难了，而是拥有想
　　　　　　　写诗的心太难了。写诗的心！（他停下来，
　　　　　　　看着学员们。停顿。他再次拿起美子留下的
　　　　　　　纸。）虽然梁美子小姐不在这里，但我们

还是一起看看她写了什么诗吧。我替她
读。题目是《阿格尼丝之歌》。

金诗人开始朗读诗，学员们都看着他。

金诗人　　　　《阿格尼丝之歌》，梁美子。

92. 美子的家（白天 / 内景）

美子的公寓内。只有微弱的阳光透过水槽上的狭小窗户
照射进来，家里空无一人。能听到前门方向门锁打开的
声音，美子的女儿（金秀玉）打开门走进来。她看起来
四十岁出头。她脱了鞋走进来，叫着美子。

秀玉　　　　　妈！

没有人回答。她打开卧室和小旭房间的门，但没有看到
美子。秀玉坐在餐桌前，用手机打着电话，虽然能打通，
但没人接电话。秀玉呆呆地坐在餐桌前。从她的脸上能
看出她被联系不上美子带来的莫名感觉笼罩着。读着诗
的梁美子的声音出现。

美子（O.S.）　你那里怎么样

　　　　　　　该有多寂寞啊

93. 公寓前（白天 / 外景）

以某人的视点看到的树木。树叶随风摇曳。镜头向下摇，拍摄美子为了获得诗的灵感而抬头看树时坐的位置。在美子坐过的地方，第 20 场戏的小区老奶奶坐在那里，也在抬头看树。美子和小旭打过羽毛球的公寓前的小块空地上，孩子们正在转呼啦圈玩。美子的声音继续。

美子（O.S.）　傍晚是否依然迎来晚霞

　　　　　　　能听到飞进丛林中鸟儿的歌声吗

　　　　　　　我始终无法寄出的信

　　　　　　　你能收到吗

　　　　　　　我无法说出口的告白

　　　　　　　能传达给你吗

　　　　　　　时光流逝，玫瑰会凋谢吗

94. 公交车站（白天 / 外景）

公寓前的公交车站。美子经常坐公交车的地方。和平时没什么两样，只是今天没人在等公交车，显得空荡荡的。一辆公交车驶来停下，但没人下车。公交车又开走了。

美子（O.S.）　　现在到了作别的时间

像来又去的微风

像影子

95. 学校（白天 / 外景）

宗旭的学校。一个上学迟到了的少女正在横穿空荡的操场。

美子（O.S.）　　未能许下的约定

和直到最终都是秘密的爱

操场一侧的教学楼处传来孩子们的笑声。
美子的声音不知不觉间变成少女的声音。

是熙珍的声音。

熙珍（O.S.）　　亲吻我那悲伤脚踝的

　　　　　　　　一片草叶

96. 走廊（白天 / 内景）

似乎是上课时间，走廊里空无一人。可以听到教室中正
在上课的声音。孩子们吵闹地笑着。镜头像某人的视点
一样靠近教室的窗户。透过窗户看到教室里面。孩子们
正在大声跟读。少女的声音继续。

熙珍（O.S.）　　还有跟随我的小小脚印

　　　　　　　　到了作别的时间

97. 熙珍的家（白天 / 外景）

熙珍家的院子。狗像看到了什么一样，一直摇尾巴。镜
头靠近，狗更加激动地摇着尾巴，兴奋地跳起来。

熙珍（O.S.）　　黑暗降临

还会再点起烛火吗

我祈祷

愿每个人都不再流泪

98. 村子入口（白天 / 外景）

熙珍家的村子前。透过照耀着金色余晖的公交车车窗，可以看到仿佛在和公交车赛跑的孩子。是熙珍的弟弟。他不断瞥着公交车的方向全力奔跑。终于，他到达了拐向家的巷子口。他举起双手，做出万岁的动作冲向终点。

熙珍（O.S.）　　愿你知晓

我曾多么深地爱你

远处可以看到公交车站。两三名女学生正在车站等车。公交车停下，学生们上车，然后再次出发。在斜阳的余晖中，公交车越开越远。

熙珍（O.S.）　　夏日正午那漫长的等候

像父亲的脸一般古老的巷子
羞涩地背过身的孤独野菊花
也知道我多么爱你

99. 公寓前（晚上 / 外景）

远景镜头。傍晚时昏暗中的美子公寓前的空地。远处，
孩子们在欢快地玩耍。可以看到下班后回家的人们。

熙珍（O.S.）　　你那低沉的歌声
　　　　　　　　让我多么心动

100. 桥上（白天 / 外景）

新建成的高高的混凝土桥。镜头以某人的视点，慢慢靠
近桥的栏杆处，然后一个看上去十四五岁的少女的背影
入画。镜头跟随在她身后。

熙珍（O.S.）　　我祝福你
　　　　　　　　在渡过黑色的江水前

用尽我灵魂的最后一口呼吸

我开始做梦

愿在某个阳光灿烂的清晨

我再次醒来

睁开惺忪的双眼，遇见站在床头的你

少女站在栏杆前，向桥下看去的背影。此时，诗读完了。

以她的视点看去的桥下的黑色江水。俯瞰。

少女看向下方的背影。突然，她抬起头，回过头来。是熙珍。熙珍正面看向镜头的脸部特写。

101. 江边（白天 / 外景）

江边的风景。与第 1 场戏相同的地方。远处可以看到桥。阳光照射在流动不息的水流之上，一片波光粼粼。水声、鸟叫声、风声等，只能听到各种自然的声音。

不停涌向画面近前的水流，慢慢 F.O.。

黑暗中只有水流声在继续，慢慢静下来。

然后是寂静。

注释

1 葡萄牙语的肥皂"sabāo"一词传入日本后变为"シャボン"（syabonn），再传入韩国后变为"사분"（sabun），在距日本较近的韩国庆尚南道等地区曾使用这一发音来表示肥皂。（*本书带数字编号的注释均为译者注或编者注。）

2 本书中的货币单位均为韩元，1 万韩元约合人民币 55 元。

3 时调唱，韩国传统诗歌形式之一"时调"加上曲子后进行演唱。"时调"形成于高丽末期，朝鲜初期进一步发展为"抒情诗歌"。作为从乡歌中衍生出的诗歌形式，是一种不分阶层，无论贵族还是平民都能参与的文学样式。

4 面，韩国行政区划中的自治市、郡或行政市的下辖行政区域。

5 此处出现的诗——《写诗这件事》与下面的《寒蝉》《玫瑰有刺的理由》节选，均为韩国诗人赵英惠（音译）所作。

6 此处的"吻"，原文为키스，kiss 的韩语写法。

7 舌往舌来（설왕설래），韩语中指说来说去、争论不休。

8 郑浩承（1950— ），韩国诗人、小说家，代表作有《悲伤致喜悦》《首尔的耶稣》《致水仙花》等。曾获得郑芝溶文学奖、片云文学奖、素月诗文学奖等。剧本中节选的这首诗是《思念的浮石寺》。

9 摩旨，供奉给佛祖的食物。

10 幢，用于彰显佛之功德威信的一种旗帜。幢竿支柱，用来固定幢竿的一对石头支柱，一般位于佛教寺庙入口处。

11 安度眩（1961— ），韩国诗人、大学教授。代表作有《海边的邮局》《炸酱面》《鲑鱼》等。

12 原书这五步的韩文分别写作샤워（洗澡）、누워（躺下）、세워（竖起来）、끼워（插进去）、고마워（谢谢），它们都押尾韵워（wo）。

作者手记 × 现场照片

一首《诗》绽放的瞬间

……用孩子的眼睛看到的美。

但孩子很明显还没有意识到这种美。

太阳在落山。

晚霞。还有尸体。

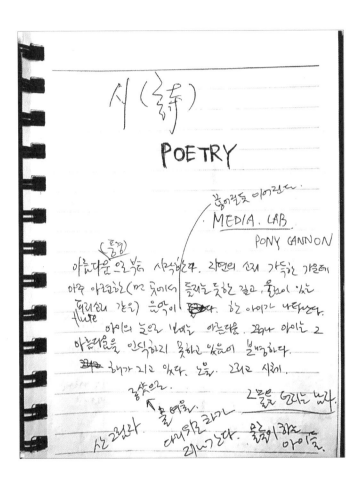

시 (詩)

POETRY

MEDIA. LAB

PONY CANNON

诗 Poetry

留白很多的电影

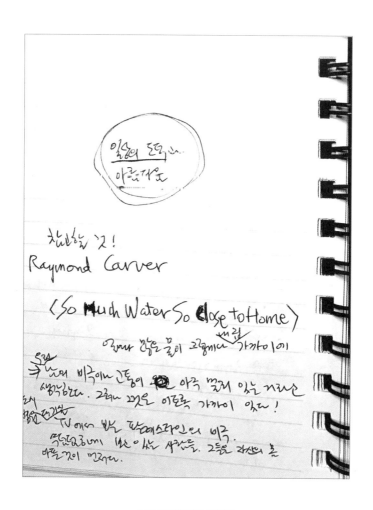

日常的道德性与美

我们以为别人的悲剧或痛苦
都在很远的地方。
但其实离我们这么近!

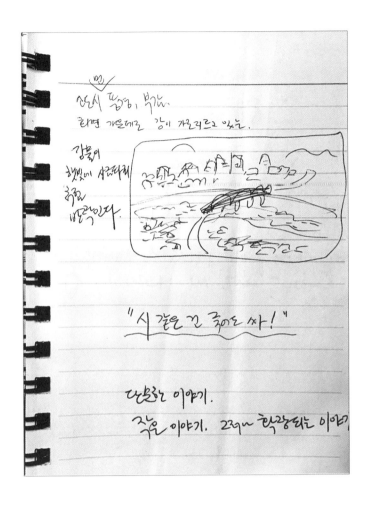

"诗这种东西，死了也是活该！"

单纯的故事。

小故事。

但可以扩张的故事。

不是单纯的冒险，而是道德性的考验

60多岁却像少女一样的老奶奶。
总是像要去郊游般戴着帽子，
围着围巾的女人。
学写诗的奶奶。但是……

诗 Poetry

作者手记 × 现场照片

诗 Poetry

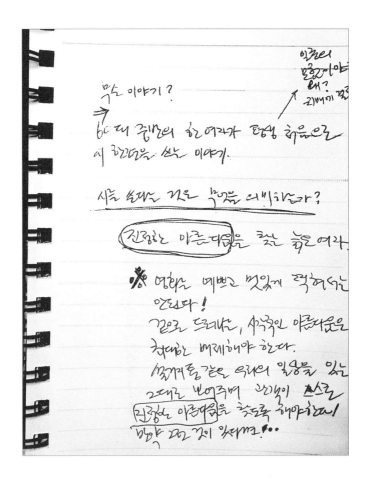

写诗意味着什么？

这部电影不能拍得漂亮精致。
应该最大限度避免拍摄流于表面的视觉上的美。
原原本本地展现我们日常生活中的东西，比如洗碗池，
让观众自己去寻找"真正的美"。
如果真有这种东西的话……

《诗》不是在寻求答案。

它从一些事件开始，静观其如何发展。

事件中心的美子也许下了决心，

不让绝望填满自己余下的记忆，

避免这世上的苦痛再多加一分。

也许一切就是这么简单。

我还得补充一句，《诗》中有着我所能想象的、

最为沉痛的羽毛球比赛的场景。

——罗杰·伊伯特

（Roger Ebert，1942—2013，美国电影评论家）

• 接下来 177—182 页收录的资料，是美子与宗旭打羽毛球场景的拍摄剧本（见本书 150—152 页原创剧本的第 89 场），以及李沧东导演亲自手绘的分镜。这场戏被韩国国内外评论家盛赞为"将悲剧情景升华为美之巅峰的名场面"。

97. 아파트 앞 공터(밤/외부)

C#1 배드민턴 치는 미자, 욱이(L.S). 미자 앞모습.

배드민턴을 치고 있는 미자와 욱이. 미자는 **나무쪽(S#17과 반대).** 한쪽에는 아이들이 놀고 있고, 화단 옆 벤치에는 파자마 바람의 노인들이 앉아서 이야기를 하고 있다. 평화로운 밤 이다.

C#3 미자 단독(B.S)

어두운 허공으로 하얀 포물선을 그리며 셔틀콕이 날아다닌다. 라켓을 휘두를 때마다 미자의 입에서는 연신 어린애처럼 흥분된 호흡 소리, 안타까운 비명이 터져 나온다.

C#2 욱이 단독(B.S)

욱이는 조금 심드렁하게 받아주는 듯 보이지만 그래도 나름 열심히 치고 있는 중이다.

C#4 미자 O.S. 욱이.

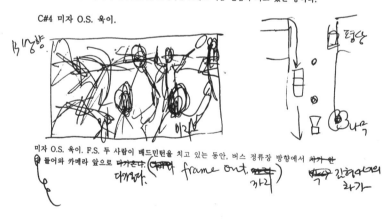

미자 O.S. 욱이. F.S. 두 사람이 배드민턴을 치고 있는 동안, 버스 정류장 방향에서 차가 한 들어와 카메라 앞으로 다가온다. *frame out.*

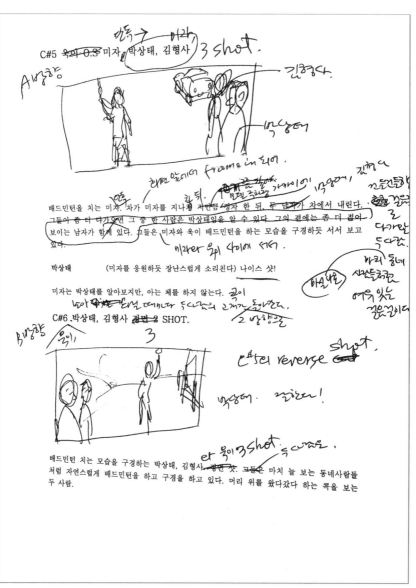

C#5 <del>왜피</del> <del>0.3</del>미자, 박상태, 김형사 3 shot.

배드민턴을 치는 미자. 차가 미자를 <del>지나</del><del>처</del>자만큼 <del>멈</del>정차 한 뒤, 두 남자가 차에서 내린다.
그들이 좀 더 다가오면 그 중 한 사람은 박상태임을 알 수 있다. 그의 곁에는 좀 더 젊어
보이는 남자가 함께 있다. 그들은 미자와 욱이 배드민턴을 하는 모습을 구경하듯 서서 보고
있었다.

박상태   (미자를 응원하듯 장난스럽게 소리친다) 나이스 샷!

미자는 박상태를 알아보지만, 아는 체를 하지 않는다.

C#6. 박상태, 김형사 <del>정면</del> <del>2</del> SHOT.

배드민턴 치는 모습을 구경하는 박상태, 김형사. <del>정면 샷.</del> 그들은 마치 늘 보는 동네사람들
처럼 자연스럽게 배드민턴을 하고 구경을 하고 있다. 머리 위를 왔다갔다 하는 콕을 보는
두 사람.

C#7 배드민턴 치는 미자 단독(W.S. 정도)

배드민턴을 치는 미자. 욱이 친 셔틀콕이 미자의 머리 위를 지나 뒤쪽 나뭇가지 위에 떨어진다. 미자가 나무 밑으로 가서 난감한 표정으로 쳐다본다. (M.S. 딴 F.S.)

C#8 나무 위 셔틀콕 쪽에서 보는 미자. 부감.

나뭇가지 위에 걸린 하얀 셔틀콕. 나뭇가지 쪽에서의 부감. 미자가 쳐다보며 라켓으로 가지를 건드려 콕을 떨어트리려 하고 있고, 그 뒤로는 지켜보고 있던 욱이 다가오는 모습이 보인다. 그때 사내들이 욱이를 부르고 욱이 걸음을 멈추고 돌아본다. 이윽고 사내들 쪽으로 다가가는 욱. 두 사람이 욱이에게 뭔가 이야기하고 있다. 그 동안에도 그녀는 계속 라켓을 휘두르며 콕을 떨어트리려 하고 있다. 떨어질 듯 떨어질 듯 하면서도 잘 떨어지지 않는 콕. 이윽고 라켓이 가지를 건드리자 마침내 땅에 떨어진다. (CAMERA, 콕을 따라 TILT DOWN) 다가와 콕을 줍는 미자.

C#9 미자 단독(뒷모습→ 앞모습)

나무 밑으로 나가서 락을 줍는 미자. 그녀가 콕을 줍고 돌아서면, 박상태의 목소리 들린다.

박상태(O.S)　　　누님! 내가 한 수 가르쳐 드릴게요.

C#10 박상태 단독

욱이 대신 라켓을 들고 서 있는 박상태.

박상태(O.S)　　　누님! 내가 한 수 가르쳐 드릴게요.

(그가 웃으며 장난스럽게 라켓을 휘두른다. 김형사가 지나가며 한마디 던진다.)

김형사　　　폼이 영 아니잖아요, 박형사님.
박상태　　　내 폼이 어때서? 이만 하면 멋있지! (미자에게 소리친다) 자, 누님! 서브!

김형사는 욱이를 데리고 차 있는 쪽으로 걸어가는 중이다.

C#11 미자 O.S. 박상태, 욱이, 김형사

김형사　　　폼이 영 아니잖아요, 박형사님.
박상태　　　내 폼이 어때서? 이만 하면 멋있지! (미자에게 소리친다) 자, 누님! 서브!

김형사는 욱이를 데리고 차 있는 쪽으로 걸어가는 중이다. 막 서브를 넣으려는 그녀의 곁으

C#9~C#11

로 두 사람이 지나간다. 그녀와 옥이의 눈이 마주친다. 그러나 두 사람은 아무 말이 없다.
이윽고 미자가 서브를 넣고 박상태가 소리를 지르며 다시 넘긴다. 그녀가 받는다.

C#12 미장 단독 → 미자, 옥이, 김형사 3 SHOT.

옥이를 보는 미자. 옥이와 김형사, 화면 오른쪽에서 FRAME IN 되어 그녀를 지나친다. 그
녀와 옥이의 눈이 마주친다. 그러나 두 사람은 아무 말이 없다. 이윽고 미자가 서브를 넣는다.
박상태가 소리를 지르며 다시 넘긴다. 그녀가 받는다.

C#13 미자 O.S. 박상태 → 미자 앞 모습, 박상태

배드민턴 치는 박상태. 어두운 허공 속으로 하얀 셔틀록이 왔다갔다 날아다닌다. 두 사람은
의외로 호흡이 잘 맞는 것 같다. 칠 때마다 박상태는 과장해서 소리 지른다.

박상태   나이샷! 잘 한다! 우리 누님 멋지다!

그러나 미자는 헛치고 만다. 그녀는 돌아서서 땅에 떨어진 록을 주우려 앞을 바라본다.

C#14 미자 O.S. 차를 타는 옥이와 김형사(C#13의 REVERSE)

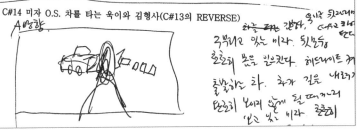

C#12~C#14

그러나 미자는 헛치고 만다. 그녀는 돌아서서 땅에 떨어진 록을 줍는다. 젊은 사내와 차에 타고 있는 욱이 보인다. 헤드라이트를 켜고, 이윽고 출발하는 차. 미자는 차가 건물을 돌아 사라질 때까지 보고 있다가 이윽고 몸을 돌린다.

C#15 박상태 단독 B 방향

욱이 속으로 들어간다, 박상태가 손히친다

박상태가 손짓으로 치라는 시늉을 한다. 미자 서브를 넣는다. 이제 박상태도 왠지 말이 없다.

C#16 미자 단독(B.S)

말없이 베드민턴 치는 미자.

C#18 미자, 박상태 2 SHOT. L.S.(미자 뒷모습) A방향

침묵 속에 베드민턴을 치고 있는 두 사람. 어둠 속에 하얀 셔틀록만이 소리 없이 날아다니고 있다.

C#18. 미자, 박상태 2 Shot L.S. (미자 정면)

B 방향.

作者手记 × 现场照片

诗 Poetry

诗 Poetry

诗 Poetry

作者手记 × 现场照片

诗 Poetry

诗 Poetry

诗 Poetry

作者手记 × 现场照片

作者手记 × 现场照片

诗 Poetry

作者手记 × 现场照片

作者手记 × 现场照片

诗 Poetry

作者手记 × 现场照片

《诗》所抵达的深度，
关于诗的美

- 主持访谈的李东振是韩国影评人。著有《奉俊昊的全部瞬间》《电影有两次开始》《李东振的回旋镖访谈：那部电影的时间》《李东振的回旋镖访谈：那部电影的秘密》等。他通过电视节目和书面出版物，深刻且细致地讲述关于电影的故事，运营 NAVER 博客"永远像电影一般"，Youtube 频道"李东振的 Piarchia"。
- 本访谈于 2010 年 5 月分两期刊载在《李东振的电影风景》上，本书收录的文本经李东振本人进行过部分修改。
- 访谈文本 © 李东振

《诗》在闭幕于 2010 年 5 月 23 日的第 63 届戛纳国际电影节上获得了最佳编剧奖。这是一部看过之后仍会让人不断想起的电影。刚看完这部电影走出影院时，我只想独自拥抱那份苦涩的感动，低着头慢吞吞地走在回家的路上。但几天后，这部作品又让我忍不住想与其他人尽情交流感受。

　　在去戛纳之前，我和李沧东导演见了一面。在持续五个小时的漫长采访中，我明白了《诗》是一部多么优秀又有深度的作品，同时，我也感受到创作出《诗》的导演对电影这种媒介的理解是多么透彻，而对自己又是多么严格。李沧东导演的作品中蕴藏着他不断燃烧自己的电影炼金术之代价，还有艺术家对外界艰难吐露出的黎明般的人生疑问。

李东振　　《诗》是继《密阳》（2007）之后，您第二部入围戛纳电影节主竞赛单元的作品。此次出征戛纳电影节，导演您的心情如何？

李沧东　　信不信由你，我其实很讨厌去电影节。这是个不算烦恼的烦恼。奇怪的是，这次好像陷入了死局。我有种自责感，像是拍了一部如果不去戛纳电影节，营销就不会顺利的电影。没有其他办法。包括上映日期方面，原本没有这个打算，但还是定在了五月，也是出于这个原因。

李东振　　《密阳》在戛纳电影节获得了最佳女主角奖，确实对它在韩国国内上映时起到不小的帮助。

李沧东　　是的。其实像《下女》（2010）、《汉江怪物》（2006）或者《好家伙、坏家伙、怪家伙》（2008）这样的作品，到戛纳走一圈算是锦上添花，但对我们来说完全不是这样。情况像是朝着不想去的方向去了，所以我不喜欢。《诗》预告片里的文案用尽万般力气想让观众想起戛纳电影节，其实让我觉得很羞愧。但还能怎么样呢，除此之外没有别的办法了，只能好好地活用戛纳的价值。

李东振　　《诗》的故事由两个主题（motive）交织而成。一个是和外孙艰难地生活在一起，但是想写诗的外婆的故事；另一个是遭受同校的男生性侵后自杀的女生的故事。电影《诗》最初是从第二个主题构思的作品，对吧？

李沧东　　是的。我在准备《密阳》的时候看到了那条新闻[1]。那时我苦恼了很久。在发生那种事件的城市拍摄电影，却回避着现实中发生的事，这让我心里不好受。当然，那种性质的案件在我们国家其他城市也常有发生，并不只有那座城市是那样的。但是，严格来说，在实际发生了那种事件的现实情况下，对它视而不见，而去讲述稍微超越现实的故事，这一点我没有办法说服自己。所以我也考虑过完全停止《密阳》这个项目，实际上也因此停拍了一段时间。原因在于，《密阳》这部电影所提出的一个非常重要的问题是关于日常的，而那样的现实就是日常。所以在长久的苦恼之后，我还是按照最初的设想拍完了。不知道是不是因为不必要的义务感，那之后我总是模模糊糊地想着我应该拍出那个事件。可以说那个事件一直在刺痛我。

李东振　　那个事件的哪一个侧面刺痛着导演您呢？

李沧东　　如果一定要说的话，那就是道德性。日常的道德性。发生那种事件的时候，比起讨论我们该如何进行事后处理这种巨大的论题，道德性是一个极度私人又极少被讨论的话题，其实这一点和整个社会的道德性是相关的。对我来说，那是一种本能的感觉。

李东振　　这样的问题意识，是如何与一个想学写诗的老年女性的故事结合起来的呢？

李沧东　　一开始我并不知道该如何讲述那个事件。应该有几个熟悉的结构，但我不想那么做。后来有一次我去日本京都时，半夜在酒店房间里看电视，电视上不断播放一个节目，画面是自然景观，背景声音是冥想音乐。那也许是给无法入眠的旅客看的频道吧。就那样漫不经心地看着那个频道，我想到了《诗》这个片名，还有六十多岁的女主角的设定。她是独自抚养外孙、第一次写诗的女性。那个瞬间，我想着"啊，拍这个就行了"，然后决定要和那个事件结合在一起。《诗》就是这样开始的。

李东振　　不仅主角是六十多岁的女性，《诗》中所有的主角、配角都算上，连一个二十多岁的角色都没有。这在韩国电影中几乎是史无前例的。（笑）

李沧东　　听你这么说，确实是这样的。我也不知道我是怎么想的，最后就是这样，甚至连三十多岁的角色都没有。那么多诗歌同好会的会员中也没有。真是的。（笑）

李东振　　和《密阳》不同，《诗》中还包含着对下一代的忧虑和责任感。但是与这一点相关的另一个有趣的点就是，电影中"下一代"并不是儿女这一代，而是孙子孙女这一代。《诗》中的故事为什么设定成这样呢？

李沧东　　我留下的某种东西，比起儿女来，放在孙辈上的感觉更强烈。人在和儿女的关系中，其实爱憎是极其强烈的。但是到孙辈的时候，就会明确地感觉到这是我的根。虽然我还没有孙子，但是人在某个瞬间，会突然有"我留下了什么？"的感觉，会思考自己留下的到底是不是一个怪物。因无法理解新的一代而感觉恐慌，这是一种普遍的经验。这虽然是从我的个人经验出发的，但确实会困惑这一代人要怎么生存下去。

李东振　　确实，《诗》中将这种困惑通过美子（尹静姬饰）的心理完美展现了出来。如果电影要表现美子理解了外孙，就需要详细展现犯下这个罪行的外孙的想法和内心状态，但这在电影中被省略了。

李沧东　　外孙小旭虽然犯下了那样的罪行，但我觉得不要对这个孩子有什么特别的设定比较好。我也不想解释这是因为他生活在一个不完整的家庭，或是他平时有什么特定的喜好等才做出这样的事。小旭看上去是个普通小孩，很难说清楚他到底是什么样的孩子，我只想表现到这种程度。就是让人捉摸不透的新一代的感觉。因为这并不是一个讲述特殊背景下某个特殊人物的故事。其实我们无法知道小旭对自己犯下的事到底有没有负罪感。在现实生活中，当我们看着十多岁的小孩，也确实不知道他们脑子里都在想什么。

李东振　　您曾作为教师教过孩子吧。

李沧东　　对，是的。但无论怎么相处，我都不太了解孩子。这也许是因为他们的内里还什么都没有，所以才看不懂。应该把孩子看成一个空着的容器。但不管怎么说，美子还是把责任算在了自己身上，所以她觉得自己应该负责。因为小旭是未成年人，所以以父母为首的监护人理所应当是有责任的。

李东振　　尹静姬老师在《厚颜无耻的人》(1994) 之后十几年都没有再出演作品了，您是如何想到找她来演这部电影的？

李沧东　　从最开始构思美子这个角色时，我就没有想过尹静姬老师之外的人。

李东振　　　电影中尹静姬老师扮演的角色名叫梁美子，而尹静姬老师的本名就是孙美子。您是确定好"美子"这个名字之后，想起了本名是孙美子的尹静姬老师，还是决定要邀请尹静姬老师来出演，所以把人物的名字定为了"美子"呢？

李沧东　　　即使尹静姬老师的本名不叫美子，主人公的名字也会是美子。因为我想不到比这更合适的名字了。但特别巧，老师的本名也是美子，我不知道这是偶然的一致，还是一种必然。在我很久以前写的处女作小说中，也有一个叫美子的女人[2]。这是我原本就比较喜欢的名字，虽然有些土气，但感觉很美。

李东振　　　就像《密阳》里主人公的名字"信爱"隐藏着"信"与"爱"的含义，这次在"美子"这个名字中也蕴含了"美"的含义吧？因为《诗》终究是追问在不够美好的人生里，追求美到底有什么意义的电影。

李沧东　　　是的。（笑）

李东振　　　《诗》中的美子有出人意料的一面。这里面有她因患有阿尔茨海默病而显露出早期症状的原因，但从根本上看，这个人物就像少女一样。您认为美子这个人物的核心是什么呢？

李沧东　　我不知道这算不算是一种非常俗套的概念，我认为是单纯。像少女般的感觉就是从这种单纯中体现出来的。往好了说是单纯，往难听了说，就是已经到老年了，还对现实没什么认知，没有社会化。

李东振　　在这部电影中，尹静姬老师是完全"美子"化的。独特的发声、说话方式，还有表情都让人觉得非常"美子"，这虽然肯定是演员优秀的演技使然，但也会让人觉得是演员和角色之间关系的直接反映。

李沧东　　我认为我对角色没有特定的标准。某个演员在出演电影时，会成为那个特定的人物生活一段时间，我不会让演员变成我脑海中所想象人物的样子。哪怕剧本是我自己写的也一样。我也是通过在现场看到演员尹静姬演出的美子来感受这个人物的，甚至有些时候会感叹"啊，美子是这样的人物啊"。（笑）

李东振　　您在拍摄现场看到尹静姬老师，感觉她是一个什么样的演员？

李沧东　　作为演员，她是一个态度非常端正的人。在开拍之前，我稍微有些担心的部分是，她是一个已经拍摄了几百部、数量多到几乎数不清的电影的演员，这样的履历肯定塑造了她，这已经超越了她有自己的坚持这个概念。在这一点上，我担心在拍摄中我们可能会出现摩擦，因为我们度过了不同的岁月。但她作为演员是非常开放的，她毫不犹豫地将自己已经获得的成就、自己已经成形的东西抛去。这让我非常震惊，很多年轻演员也做不到这一点。

李东振　　这次在拍摄现场，您和演员们相处得如何呢？其实您的电影拍摄现场以严格著称。

李沧东　　比之前氛围更好了。我做了很多努力，我想变开朗一点。

李东振　　这次看上去您没有自虐。（笑）

李沧东　　在没人看见的地方，我当然还是自虐了。（笑）不过还是努力不显露在外面。

李东振　　您为什么在拍摄《诗》的时候做出了改变？

李沧东　　　因为我觉得以前我在现场自虐般对待年轻演员的那种方式，肯定不能展现给尹静姬老师。而且尹静姬老师本人特别开朗，可以说我接受了她开朗的劲头儿，没有必要再让别人来配合我黑暗的一面了。

李东振　　　和导演您之前的作品相比，《诗》可以说是部非常安静的电影。但第一个镜头却非常强烈——阳光照射下的江水之上，浮起一具少女的尸体，然后银幕上映出"诗"这个片名。这个开场戏有种毛骨悚然的矛盾，好似浓缩了这部电影想要提出的问题："诗是在一点也不美的世界里追求美，那么诗到底是什么？"您抛出这个问题，然后拉开了帷幕。

李沧东　　　当我们问诗是什么的时候，其实是在问"人生中有这样那样的苦楚，那诗到底是什么？"——这个问题之前是有这种限定条件的。在人们普遍的观念中，诗是歌颂美好的东西，但这其实也是因为人生并不总是美好，才赋予了它这样的意义，不是吗？不管是在人生中，还是在人生和诗的关系中，我们看上去平静无澜的生活中总是在发生着什么。我们总是觉得那些事与我们没什么关系，但其实是有关系的。

李东振　　　在《诗》的开头部分，美子在医院里漫不经心地看着电视里的新闻，新闻播放的是因失去孩子而痛哭的巴勒斯坦女人，就是这种关系对吧。

李沧东　　　就是这个意思。我们在日常生活里看到这种新闻，都觉得和自己没有关系。在后面的场景中，从医院里出来的美子看到一个女人失去女儿后精神异常、大哭大叫，她觉得对方很可怜，却也认为那是和自己没有关系的事。但就像我们脚下的水都是相连的一样，那个场景和美子有着决定性的关联。虽然我并没有想强烈地告诉观众这一点，但仔细算起来的话，从巴勒斯坦女人开始就是联系在一起的。

李东振　　　美子这个角色和导演您之前作品中的主人公完全不同。她给人的感觉是一个总徘徊在与自己有关的事件边缘的人。不管是什么场合，她都是迟一点进去、中途就离开，直到电影的尾声之前，她都在不断回避。甚至有一种感觉，连她患上阿尔茨海默病这件事本身，都是因为她祈求的愿望实现了，即可以忘记对她而言过于残酷的痛苦人生。

李沧东　　　你现在说的这一点，和我想通过这部电影提

出的问题相关。不管是诗的意义，还是日常与道德性的
关系，美子现在就站在这个位置中间。即使我可以说和
我没有直接的关系，但仍然处在无法否认的关系中。在
这个处境中可做的选择是有限的，但也不是完全没有选
择的余地，只是非常难而已。正好被放进这种处境中的
美子这个角色本身就是被限制的，她很难进入事件的中
心，但最终从电影的中间部分开始，她做出了决定性的
行动，虽然这在电影中没有直接展现出来。

李东振　　在美已经消失的人生里努力寻找美，这让我
想起电影《薄荷糖》中的一个场景。岁月流逝，电影中
金英浩（薛景求饰）在餐厅里偶然遇到自己曾经拷问过的
大学生。他在厕所里问那个大学生："你真的觉得人生是
美好的吗？"那是很久以前金英浩在大学生的日记里看
到的句子。从这一点上看，《诗》和《薄荷糖》提出的问
题也是相连的。

李沧东　　是有这样一层意思。我并不是想表达真实的
人生是肮脏而丑陋的，只是想说人生并不完全是美丽的，
常常也是丑陋的。想要找到美，真的很难。但就像刚才
说到的，美这种东西是在情况不那么美好的时候才有意
义。正因为人生是不美的，人们才总是在寻找美。诗并

不只在赏花、望月、饮酒时才能吟诵。

李东振　　正如您所说的，美子第一次产生诗的灵感是在花丛前，第二次是在听到鸟鸣声时。但是，一直在寻找美的她关注到掉落地上的杏儿的痛苦时，才最终写出关于跳桥自杀少女的绝望之诗。不管是花还是鸟儿，最开始美子都是仰视它们，希望获得诗的灵感，但后来她俯视杏儿和桥下的江水，才终于写出了诗。

李沧东　　是的。就是这样一点点学会的。虽然向前走了一步，但其实会变得更混乱和茫然。美不是轻易可以用眼睛看到的，眼睛能看到的美也不一定就是美。其实只要是写过诗的人，大部分都经历过和美子类似的过程。

李东振　　拍电影也是这样的吗？

李沧东　　拍电影确实也是这样。哪怕很想拍出电影来，但很多时候连自己想拍什么故事都不知道。

李东振　　电影也和诗一样，会越了解却越混乱和茫然吗？

李沧东　　　拍得越多越这样。如果目的就是娱乐观众一番的话，可能不会这么痛苦。如果是想表达什么，或者想与观众进行交流，就会越来越辛苦。

李东振　　　您到目前为止的电影作品中，《诗》是拍摄时相对顺利的作品吗？

李沧东　　　不是，非常艰难。

李东振　　　那么您到目前为止拍摄得比较顺利的作品是哪一部呢？

李沧东　　　一部也没有。

李东振　　　那可以说每一部作品都是几乎走到极端的状态那么辛苦吗？

李沧东　　　可以这么说。可以说最差之后还会继续更差。我有过非常多次以后再也不能拍电影了的想法。在拍摄《诗》的时候，甚至对演员或工作人员也说过这样的话。

李东振　　　您这么说了以后，大家有什么反应？是"又

开始了"，还是"要出大事了"这样呢？（笑）

李沧东　　一半一半吧。（暂时陷入思考）现在仔细想想，后面这种反应的人好像也没有一半。（笑）主要问题也不在于别人，而是在我自己身上，真的非常累。我好像是个不太能承受压力的人。

李东振　　《诗》里面美子用开玩笑的语气说自己有诗人的气质。导演您怎么样？您觉得自己有导演的气质吗？

李沧东　　没有。所以我才总是想我是不是应该停下来了。最基本的，导演应该很享受拍摄。我认识的大部分导演去拍摄现场就像去郊游一样愉快。比如洪常秀导演，他不拍电影就受不了，所以不停地拍。但对我来说，去拍摄现场就像把我拉到屠宰场一样。这样的人还拍什么电影啊。人应该做让自己享受的事。在这部电影中，虽然在最后阶段我决定把所有插入的音乐都去掉，但每次做这种决定我都很痛苦。可是在现场永远需要这样做，一边痛苦一边继续做下去，真的非常痛苦。（笑）

李东振　　在《诗》中，美子在被问到为什么学诗的时候，像在说别人的事一样反问："是啊，我为什么要学诗

呢？"既然这么痛苦，导演您为什么要拍电影呢？（笑）

李沧东　　是啊，我为什么要拍电影呢？（笑）

李东振　　您和美子说了一模一样的话啊。（笑）

李沧东　　美子这个人物又不是凭空诞生的。（笑）随着
时间流逝，拍电影时的痛苦似乎都会忘记。这和恋爱也
很像，失恋的时候会痛苦、疯狂，但后来还可以再爱上
别人。

李东振　　电影《诗》中，引用了郑浩承、安度眩等真
实诗人的诗。您是以什么样的标准来选择这些诗的呢？

李沧东　　基本上都是我自己喜欢的诗。人们提到诗的
时候，一般会觉得诗很难懂，郑浩承的诗就可以说有点
难。他的诗拥有佛教的世界观，初次接触时会觉得有一
种韵味，但其实是比较难理解的。与之相反，这部电影
中出现的安度眩的诗就特别简单，对吧？我想把专业诗
人的诗的两种极端表现出来。还有电影中出现的业余诗
人赵美惠的诗，就展现出了业余诗人的感觉，这是我想
表达的。我只稍微改动了一点，基本上原原本本地使用

了业余诗人的诗。最后出现的美子的诗是我亲自写的。

李东振　　美子写的名为《阿格尼丝之歌》的这首诗，您是如何构思创作的？

李沧东　　反正这是主人公要写出一首诗的电影嘛。这样的话，从叙事上来说，这是首什么样的诗，肯定是非常重要的。这部电影可以说是一部跟随"诗到底是什么？"这个问题而进行的电影，因此《阿格尼丝之歌》这首诗就需要是这个问题的一个小小的答案才行。虽然我无法直接回答观众"诗到底是什么"，但我可以提问。我认为比较好的方式，是观众自己对这个问题产生各不相同的答案，然后把这个答案放在心中。但即便如此，如果我在这部电影中可以部分地给出一些回答的话，我认为那应该是某种代替别人的心意来歌唱的东西。也就是代替没法说出自己想说的话就死去的少女歌唱。我以这样的想法写出了这首诗。

李东振　　作为电影中初次写诗者的作品来说，感觉这首诗的完成度相当高。（笑）

李沧东　　如果按照作品的内在逻辑来说，一个六十多岁的人第一次写诗不可能写得好，这一点我也苦恼过。但是在电影中，这首诗又具有这样那样的意义，从电影叙事上来说，需要表达出该说的话。因此，六十多岁的老奶奶能写出多好的诗，比起这样的现实性，最终我们优先选择了诗意的表达。

李东振　　电影中将金龙泽、黄炳承诗人真实的名字稍微改了一下，他们以金龙卓、黄明承诗人的身份亲自出演了这部电影。两位诗人在首映会上看过后，对这部电影评价如何呢？

李沧东　　他们说很害羞。其实，如果在电影中出演的话，眼里就只能看到自己的演技了，怎么还会看到整体的作品呢？（笑）

李东振　　您为什么选择这两位诗人来出演电影呢？

李沧东　　电影中要出现美子听写诗技法讲座的场景，我认为比起找一个专业演员扮演讲课的诗人，找一个真正的诗人来演会更好一些。《密阳》中举办野外复兴会的牧师那个角色，就是找了一位真正的牧师来演，这是一样的道理。我希望观众不是观看被演出来的诗歌教学，而是感觉真的听了一场诗歌讲座。这样的话，就需要真正的诗人，"在地方城市的文化院讲课的无名诗人"——我认为金龙泽诗人最适合这个角色。当然，金龙泽诗人是全韩国都熟知的人，但不知为何他就有那种感觉。（笑）但是，不管怎么说，电影中的那位诗人并不是金龙泽诗人本人，所以在写剧本的时候稍微改了一下名字，变成了"金龙卓"。

李东振　　您是在发出演员邀请并被对方接受后，才写剧本的吗？

李沧东　　不是。我都写完了以后才和他说的。我不太担心，而且他本来就喜欢电影。

李东振　　金诗人还写过一本电影书，叫《乡巴佬，金龙泽去电影院》。

李沧东　　我觉得他肯定无法拒绝出演电影的诱惑。我还是挺了解他的。（笑）

李东振　　那金龙泽诗人一接到邀请就同意了吗？

李沧东　　他也推辞了几句，但马上就答应了。（笑）不过听说后来他对夫人说了很多我的坏话，说在拍摄前，自己一个人练习，但总感觉不太好。我都和他说过开拍之前不用做任何练习。（笑）

李东振　　那在电影中喝醉了以后，喊出"诗这种东西，死了也是活该！"这样激烈台词的黄炳承诗人是如何加入的呢？

李沧东　　能说出这句台词的，得是一位年轻的诗人。黄炳承诗人的诗和他的长相都给了我类似的感觉。这种情况，也是因为电影中的那位诗人并不是黄炳承诗人本人，所以在电影中改为了黄明承。稍微改了一点，感觉反而更好了。

李东振　　感觉更具诗意了。（笑）

李沧东　　名字是明承，诗却很难懂。（笑）

李东振　　和《密阳》相比，《诗》在对待痛苦的态度上有非常大的差异。比如从美子的灵感笔记中看到的那样——她关注掉在地上的杏儿的痛苦，以及由此可以表达什么意义。

李沧东　　比起说用更积极的视角看待痛苦，我觉得更接近先接受痛苦的这种态度。因为痛苦是人生中无法否认的一部分。在杏儿这个场景中，明确地包含了这样的意思。如果没有这样的痛苦，也就不会有之后的所有事情了。它就像是一种循环，像是生命或自然法则一样的东西。最终，外婆要对外孙说些什么，她就需要思考自己要做些什么。因为有来有往是自然的秩序。《诗》是讲述老年的故事，从道理上来说，上一代的人要凋落，成为下一代的养分。不可能盼望不腐烂、永远安定。

李东振　　尽管如此，对我来说，我还是觉得《诗》和《密阳》是成对儿的一组电影。可能是因为这两部电影都是对抗痛苦或人生之无意义的故事。只不过，从某几点上来看，《诗》可以说是和《密阳》完全相反的作品。最典型的是，《密阳》讲述的是受害者一方的故事，而《诗》讲述的则是加害者一方的故事。也许可以把《密阳》中失去儿子的信爱，转换成《诗》中失去女儿的女人，有种从与前作完全相反的方向，探索加害者家属内心的感觉。

李沧东　　虽然不是故意的，但《诗》和《密阳》确实在某种程度上是有联系的。因为这两部电影从一开头就有联系。而且就像你说的，这两部电影都触及了对人生意义的提问，也蕴含着对无意义的抵抗。其实诗本身就是对无意义的一种抵抗。

李东振　　两部电影中人物的行动也形成了对比。如果说《密阳》中的信爱是积极主动地抵抗与抒发的话，《诗》中的美子则是消极回避和内在爆发的。《密阳》中的信爱体验的是强烈的痛苦，《诗》中美子感受到的更接近于极度的疲劳。

李沧东　　用日常的视角来看，可能是疲劳，但换个思路的话，那也可能是人生的极限。美子虽然对抗了无意义，但更具体来说的话，那其实是对死亡的抵抗。在日常生活中，这就是以无力感体现的。美子因为阿尔茨海默病而开始失去记忆，上了年纪的人或多或少都很恐惧痴呆症，那终究是对死亡的恐惧。痴呆症让活着的人也体验了死亡。身体还活着，但意识已经开始不受自己控制了。想要写诗本身是希望开始某种新的东西，以新的视角来体验人生，但美子却因为疾病而逐渐遗忘单词。所以可以说美子是在抵抗这一点。

李东振　　因为美子到了离死亡并不遥远的老年，所以这样的心情更迫切吧。

李沧东　　人临近死亡的时候，就会向自己提问。问自己的人生到底有几分重量。这可能就是写诗这种行为。也许美子不写诗的话，她可能就不会那么痛苦地面对外孙的问题。但是写诗这件事和外孙的事件联系在一起，这不是她用理性来判断的，而是以本能感受到的，因此她更加痛苦。因为她无法避开这个问题。

李东振　　诗歌讲座的学员中，只有美子完成了作业。但是给老师鲜花并完成一首诗的美子却没有出现在教室里。电影中也没有展示美子离开家的样子。似乎美子最终是通过留白和沉默来表达的人物。

李沧东　　最后是缺席，美子的缺席。美子是一个终究要离开的人。美子所痛苦的也是这之后，自己离开之后的世界。可以说是对自己缺席的世界的担忧吧。虽然我不知道她的缺席是因何而起，但我想传达这种缺席的感觉，所以没有展示她的离开，而是念了一首她留下的诗。

李东振　　在这部电影的结尾部分，离开的人明明是美子，但是从公交车上下来的人却是电影开头场景中自杀的少女。从某个瞬间开始，背景中读诗的声音也从美子转变成了少女。在最后一刻，少女甚至回过头来注视着镜头。这样将两个人物重叠的象征性结尾具有强烈的冲击性，非常悲伤，同时又充满安慰和感动。对于这样一个留有解读空间的结尾，每个观众应该都会有属于自己的理解。

李沧东　　这个场景的核心是美子代替少女写了一首诗。这时的美子不仅仅是代替少女发出声音，还接受了"自己和少女的命运是一体的"这件事，接受了我就是你，你就是我。《诗》的结尾出现了少女的样子，这可以理解成是死去孩子的闪回，也可以理解成是她现在的样子。在这个镜头里，我希望可以体现一种现在的感觉。包括美子在内的我们所有人，都希望可以再看到那个孩子。不是主客体分离，而是合为一体的感觉。不管是从情绪上还是视觉上，我都想体现这一点。这也是美子所作的诗的内容。

李东振　　诗歌讲座中，学员们轮流以"我人生中美丽的瞬间"为主题进行演讲，那个场景让人印象深刻。其中，美子流着眼泪回想自己三四岁时的记忆尤为令人感动。比自己大七岁的姐姐为自己穿上漂亮的衣服，拍着手说到这边来时，美子一边朝姐姐的方向走，一边想"我真的很美啊，姐姐真的很疼爱我啊"。这场戏的表演也非常精彩，这个片段是尹静姬老师的真实回忆吗？

李沧东　　是我从其他地方听来的故事。尹静姬老师也没有姐姐。（笑）不过这个部分对我来说有意义的是，这是美子第一次讲述自己记忆的场景。患上逐渐失去记忆的疾病的女人，回想着自己人生中最美好的瞬间，讲述自己最初的记忆，这看上去有些讽刺，但具有象征意义。而且，更巧妙的是，她讲述的内容又是向深不可测的人生迈进的一步。这是一个感知到"我很美，我配得到爱"的记忆，但巧的是，现在想起这个记忆的美子正逐渐走向死亡。我喜欢这种矛盾的感觉。

李东振　　但是围绕"我人生中美丽的瞬间"，每个人轮流长谈的场景，让我不禁想起是枝裕和导演的《下一站，天国》（*Wonderful Life*，1998）。因为这是那部电影的核心主题。而且，使用固定机位长镜头拍摄回想自己过去记忆的人物，两部电影在这个方式上也是一样的。您在拍摄这些场景的时候，想到了《下一站，天国》吗？

李沧东　　我确实看过那部电影，但在拍摄这些场景的时候，完全没有想到那部作品。我的出发点是这样的，在那个场景中，学员们讲述自己人生中的美好记忆这件事，和"诗就是寻找人生中的美好"这一讲座内容是相关联的。而且在那个场景里，我希望有一种人物直接对观众讲述的纪录片的感觉，因此是这样呈现的。出于这两个原因，我最后这样拍摄，完全没想到《下一站，天国》。

李东振　　我认为《诗》也可以看作一部关于电影这种媒介本身的电影。因为"在诗逐渐消亡的世界里，写诗还有什么意义"这个问题，对人生或电影也是适用的。美子要在听讲座的一个月内写出一首诗，导演则要在限定时间内完成一部讲述这种主人公的电影，两者的处境重叠了。

李沧东　　是啊，真是非常难。而且，我完全没有已经完成的感觉，真的是个非常大的问题。对我来说好像没有完成这一说。

李东振　　但是无论如何，哪怕是强制的，也都完成了啊。（笑）

李沧东　　在电影上映之前，我的头脑都还像一团糨糊。我看我的电影漏洞百出，像没有擦干净的血和脓水都还粘在上面的感觉。（笑）但是电影一旦上映，就需要包装宣传，感觉很别扭。好像欺骗别人的同时也在欺骗自己，伪装成一部已经完成的电影。

李东振　　《诗》中完全没有使用音乐。本来就已经是一部非常安静的电影了，没有插入音乐，静得更像老井一般，甚至还让人感觉是用自然的江水声代替了音乐。但您应该不是一开始就决定不在这部电影中添加音乐的吧？

李沧东　　是的，这部电影有过音乐导演。直到最终混音阶段的凌晨，他都还在制作音乐，只要放进电影里就可以了。但最终在做混音的时候，我决定去掉音乐。不管怎么处理，这部电影好像都不适合配上音乐。电影音乐是用来呈现美的，但好像不是很适合《诗》这部本身就是对美进行提问的电影。我认为在没有音乐的情况下，让观众感受到音乐，这可能更符合我原本的意图。

李东振　　为了作品，完全可以这么做。但对于负责音乐的工作人员来说，应该十分沮丧吧。（笑）在人情上，您应该感觉非常抱歉吧。

李沧东　　相当抱歉。在做最终混音的录音室里做出这个决定并不容易。因为我一开始也判断是需要音乐的，可能是觉得音乐会创造出情感上的留白。但在最后关头，当我说要去掉音乐时，所有人都陷入了沉默。

李东振　　我眼前仿佛出现了这个画面。（笑）他们就这样同意了吗？

李沧东　　虽然我真的非常抱歉，但导演这样决定了，也没有别的办法。

李东振　　那天负责音乐的人应该喝了不少酒吧。

李沧东　　因为我完全能料到那几位的沮丧，所以也解释了不是因为音乐做得不好，而是因为音乐做得太好了，所以才没放进电影里，但这能让他们相信吗？哪怕这是我的真心话。我很担心以后音乐导演们不会再参与我的电影了。和音乐相关的事上我早就臭名昭著了，这次更是致命的。电影《密阳》也是，在阿根廷录制好的几百首音乐中，我最后只用了两首嘛。当时负责音乐的克里斯蒂安·巴索（Christian Basso）晕倒在录音室里，后来还住院了，他本人说是因为急性积食而不舒服，但我看应该是因为压力太大了。

李东振　　在拍摄《诗》的时候，您感觉最难的部分是什么呢？

李沧东　　我不知道这是不是有些抽象的回答，最难的问题是电影和现实之间的距离应该维持在哪种程度。因为到底应该进入多少，又留下多少余地，这不容易把握。这不仅会对拍摄本身产生影响，还会影响人物和叙事等全局性的东西。就连最后到底要不要加入音乐这件事，本身也和这个问题有关。

李东振　　那么，您将《诗》创作出来，有哪个部分是您觉得比较自豪的？

李沧东　　没有这样的部分。

李东振　　我想到了您会这么回答。（笑）

李沧东　　如果仔细想想的话，可能会有，但现在不太清楚。我好像生病了，为什么我看不到好的东西呢？

李东振　　三年前，我因为《密阳》采访您的时候，您这样说过："很久以前，在正式开始导电影之前，我想着只要能拍五部电影就好了。以那时的想法来看，现在只剩下一部了。"现在您也拍完第五部电影《诗》了，您不会真的不再拍电影了吧？

李沧东　　首先要看看《诗》的表现如何。

李东振　　真是愚问贤答。（笑）

李沧东　　如果结果不好，也许以后也没有机会再拍了。

李东振　　哪怕真的出现那样的结果，您也不能放弃啊。

李沧东　　不过，总归还是能再拍一两部的吧？这就成了一个我能在多大程度上改过自新的问题了。（笑）

李东振　　如果在遥远的将来，遇到和自己的意愿无关、无法再拍摄电影的情况，您会怎么办？

李沧东　　最理想的当然是不管谁怎么说，我还是拍我

　　　　　　　　　　　　　　　　　诗 Poetry

自己的。我可以做到，只要大幅缩减制作经费就行了。因为电影也不是什么特别的东西。但是我回头看看自己，我在想我是否有那样的热情。如果真的遇到那样的情况，也许我就不拍了。我没有特别大的不舍，也没有那么执着。我不会因为不能出去拍摄就浑身难受。回到乡下，晒着太阳生活也不错，还可以爬爬山，应该也挺好的。我的故乡在安东，也不一定非要回故乡去。

注释

1　2004年，韩国庆尚南道密阳市发生的集体性暴力事件。密阳市的男高中生通过在线聊天软件诱骗生活在蔚山市的女初中生，对其进行长达一年的性暴力，参与侵害者有40余人。在后续调查审讯中，警方也做出了种种有违受害者人权的不当行为，造成了一定程度的二次伤害。

2　李沧东的小说处女作《战利品》及另一篇《一头有心事的骡子》中都有名叫美子的人物，两篇均发表于1983年，收录于小说集《烧纸》。

文学评论家申亨澈随笔

"写了诗的人只有梁美子小姐啊。"

- 文学评论家申亨澈于 2005 年通过季刊杂志《文学村》登上文坛。著有《没落的伦理学》《感觉的共同体》《正确爱情的实验》《学习悲伤的悲伤》。2021 年任韩国朝鲜大学文艺创作系教授。
- 本书中收录的此篇随笔发表于 2010 年，后收录于《感觉的共同体》(2011) 一书中。2021 年由作者重新修订。

"怎么了？您要写诗吗？"电影中这个提问的语气非常微妙。人们对诗和诗人似乎拥有两面的情感，觉得很了不起，又有点瞧不上。一面，是对与美打交道的高尚世界的憧憬；另一面，又反驳道那是与人生的残酷现实无关的世界。至少在电影前半段，观众所看到的诗歌讲座的风景，似乎在某种程度上就符合这种固有观念。到那时为止，对梁美子来说，学习诗无异于在客厅里摆上一个不错的花盆。收到写一首诗的作业要求后，她抚摸苹果，也坐在树荫下，但那只是为了不深入审视自己的人生所做的事而已。在从其他学生家长那里得知外孙参与集体性暴力、导致一个少女死去时，这种态度也并没有马上发生转变。听到令人震惊的事实后，她反而起身躲进花的美丽中去了。但是，情况慢慢开始改变。当诗避开了人生，人生就走进诗中去了。

　　接下来的三个场景是这样的：梁美子参加死去少女的追悼弥撒，一边洗澡一边流泪，回到家搂着外孙痛苦呻吟。然后她渐渐明白，人不可能不经过人生中可怕而痛苦的真实就写出诗歌。这时，写诗（发现美）与走过人生（完成赎罪）融为了一体。（到这里为止，这部电影看起来像是把李沧东导演的前作《密阳》翻转过来重拍的作品。一部站在受害者的立场，一部站在加害者的立场。一部通过宗教，一部通过艺术。一部是宽恕的问题，一部是赎罪的问题。）现在，她已经知道了，想获得真正的诗，需要付出代价。她也明白了，想要写出诗，不能在（普通的）空间，而要去（特殊的）场所；不能只观赏（抽象的）风景，而是要与（具体的）人接触才行。因此，她才第一次去了性暴力事件发生的场所——学校，还去了发现少女尸体的地方——江边。

但这并不是全部，还需要再一次升华。决定性的场景是，当美子在发现少女尸体的江边掏出小本子想写诗时，突然下起了阵雨，雨水将白纸打湿。没有文字，而雨在说话。诗不是用语句写成的，而是用身体写成的。在诗歌讲座中，讲师曾举着一张白纸说"它是有无限可能性的空间"，但此时被打湿的白纸正告诉梁美子，属于她的唯一可能性就是，只有将诗与人生融为一体才能写出诗。在迎接完这场绝对命令般的雨之后，梁美子经历的是身体的变化。她的身体变成能写出自己要写的那首诗的身体。因此，为了凑够五百万和解金，她忍受着脱光衣服的羞耻，为别人擦拭眼泪；在以"我人生中美丽的瞬间"为主题的诗歌讲座上，她回想着自己的幼年时期，独自流下了眼泪。这是一个老年女性成为十几岁少女的过程，不是想象着已死之人的心理再现出的场景，而是成为别人的身体本身。

梁美子留下了一首用身体写成的诗。无比真实，因而无尽痛苦，以至于不清楚是否可以称之为美的诗，我们读着这首诗，明白了"诗人是仔细观察的人，是发现美的人"——讲师这句枯燥的话是真的。梁美子的道德激进性因此而来。她是一个"照字面意思"行事的人。讲师在无数次课程中讲着真实性与艺术性的关系，他的讲义中也包含着连他自己都不完全相信的东西。学员们虽然点着头，但那只是对自己的盲目满足，并不会付诸实践。所以，那位讲师并不知道按照自己的讲法，照字面意思实行的话，到底会写出什么样的诗来。"写了诗的人只有梁美子小姐啊。"我认为他的这句话是贯穿整部电影的某种宣言。除了梁美子没有别人。写了诗的人虽然有很多，但真正写出诗的人却几乎没有。

青年时代的米哈伊尔·巴赫金[1]在题为《艺术与责任》（"Art and Answerability", 1919）的文章中写道："当个人置身于艺术之中时，生活里就没有了他，反之亦然。"[2]因此，他认为这样是不行的，艺术和生活应该在一个人格内"统一"。要怎样才能做到这一点呢？巴赫金认为，首先"责任"（responsibility），即回应的能力（response+ability）是必需的。在艺术（或生活）中体验到的东西，为了不让它们变成无用之物，需要以生活（或艺术）来回应。更为重要的是下面这一句："生活与艺术，不仅应该相互承担（回应）责任，还要相互承担过失。"

即我生活的粗鄙是因为我在艺术上的过失，而我艺术的荒芜也是因为我在生活中的过失。[3] 梁美子所完成的，不仅仅是一首诗，在这种意义上，她实现了统一，即艺术与生活的统一。她用生活为艺术负责（回应），用艺术来承担生活的罪过。

我再强调一次，《密阳》和《诗》是连续的。《密阳》中的教会共同体和《诗》中的诗朗诵聚会，导演看待它们的视角同样具有两面性。他虽然想否定可以证明宗教与艺术世俗化的团体，却不能否定宗教和诗本身，因此产生了裂缝。在两部电影中，李沧东的目标是相同的——从作为制度的宗教和艺术中拯救"宗教性"和"艺术性"本身。只有这样，这些东西才能救赎我们。为此，这部电影用梁美子的唯一诗作，给出了对"诗意"朴素而可怕的定义，诗要通过真实或真心才能写成。因为太过理所当然，大家都遗忘了这种定义，反而显得可笑。这种定义虽然让我们反驳说它陈腐且压抑，但又让我们内心中感到内疚和羞耻。在这种意义上，这部电影表面上在问"什么是诗"，但实际上是在问"我们是谁，现在是什么样的时代"。这个问题的价值在过去十年里丝毫没有减弱。

注释

1　米哈伊尔·巴赫金（Mikhail Bakhtin，1895—1975），苏联文学理论家、批评家。20
　　世纪最重要的思想家之一。

2　译文出自《巴赫金全集：第一卷》，钱中文主编，晓河译，河北教育出版社，
　　2009 年，第 1 页。下同。

3　巴赫金在该文中类似的阐述是："诗人必须明白，生活庸俗而平淡，是他的诗之
　　过失；而生活之人则应知道，艺术徒劳无功，过失在于他对生活课题缺乏严格的
　　要求和认真的态度。"

诗人克洛德·穆沙尔 × 导演李沧东访谈

大胆的静谧

- 克洛德·穆沙尔（Claude Mouchard，1941— ），法国巴黎第八大学名誉教授和著名诗人，同时还是翻译家、记者、编辑。1964 年于索邦大学学习文学，1966 年在文艺杂志上发表评论和创作作品，由此开始了文学活动。他作为诗歌专刊《诗》（Poésie）的编辑委员，将韩国、日本、中国、美国等国家的作品介绍到法国。
- 2010 年第 63 届戛纳国际电影节上，《诗》首次公开放映时，克洛德和李沧东两位在戛纳当地进行了本次访谈。文本由李沧东导演提供。

片名是《诗》！在看电影之前，我就觉得这个片名非常独特。在听到片名的瞬间，观众们都会期待什么呢？电影需要观众，但一部电影怎么胆敢指望用"诗"这个片名就俘获观众呢？

　　我有时会觉得，所谓"诗"，就是"现在人们已经不再需要的东西"的缩略语。不管是电影观众，还是把观众当作借口的制作团队和发行人都属于那些"人们"的范畴。

　　诗……诗与这部电影中的主人公美子有着密切的联系。她的生活过得很是寒酸，不仅要抚养处于阴郁青春期的外孙，还要负责照顾被称为会长的半身不遂老人的生活。但在画面中，她仍然享受着一种独有的自由，像花朵一样美丽绽放。电影中的其他人物也用一种好奇的眼光看着她的优雅。她那让人联想到花蕊或花瓣的单纯与柔弱中，一定藏着什么无法让她屈服的东西。

　　片中有罪案发生，也展现了追踪罪案的过程，但这部电影是一部很难简述剧情的作品。只有现在这一刻是存在的。美子在田地里和熙珍母亲聊天（她连自己为何前来都忘记了），那个场景仿佛时间静止了一样，只留下了纯粹的现在性。

　　这部电影轻如空气，却让人痛苦。电影的每个瞬间都需要用身体来感受。在连接每个瞬间的流动的内在关系中，电影紧紧抓住了观众。正如荷兰画家威廉·德·库宁[1]一样，通过因痴呆症而失去记忆的外婆的视线，电影中形成了一种感官上的韵律。色彩、花朵、鸟鸣（我认为走向疯狂的弗吉尼亚·伍尔夫[2]能够理解鸟鸣的含义）……

诗？诗在这部电影中无处不在，同时又起到了连接的作用，达到人物与人物相互融合的程度。读《阿格尼丝之歌》的声音从美子转换成少女，死去的少女再次活过来，直视着观众。我们仿佛可以看到那个孩子脸上若隐若现的微笑。整部电影散发着强烈的寓言力量，可以说像是无法用语言形容、只能埋藏于心中的一个问题。我向导演问了其中几个问题的片段，想听听他的回答。

克洛德　　在制作一部电影的过程中，电影的片名是什么时候决定好的？以"诗"作为片名，拍摄一部关于诗的电影，这个想法是何时产生，又是如何产生的？

李沧东　　我一般早早就定好片名了。如果没有定下片名叫什么，那这部电影到底能不能真拍出来，我就很奇怪地没有信心。几年前，在韩国一个叫密阳的城市（电影《密阳》的背景城市），发生过十多岁男孩们对女初中生集体性暴力的事件。这个事件发生在我筹备《密阳》的时候，在电影拍摄期间和完成之后，它都在我脑海中挥之不去。我感到了某种应该把这个事件拍成电影的义务感，但那时不知道应该如何用电影来讲述它。一开始，我想到了雷蒙德·卡佛[3]的短篇小说《家门口就有这么多的水》（"So Much Water So Close to Home"）这样的故事，但这是个太过常见的结构了。有一天早上，我在日本京都的一个酒店房间里看电视，突然就想到了"诗"这个片名。我看的也许是为睡不着的旅客准备的频道，有平静的江水，鸟儿飞过，渔夫们撒网捕鱼，是那种非常典型的风景画面，其上还流淌着冥想音乐。看着那样的画面，我突然觉得讲述那个残忍事件的电影，片名应该叫"诗"。几乎是同一时间，电影的主人公和情节也浮现在我脑海中了。正好那次旅行的同伴是我的老朋友黄芝雨[4]诗人。那天晚上，我给他讲了"诗"这个片名和电影的情节。他说这似乎是个极其冒险的项目，以"诗"为片名，讲述一个老奶奶写一首诗的故事，这怎么能拍成一部电影呢。他还警告我，不要因为获得了几次成功（虽然是非常小的成功）就陷入自满（笑）。不过奇怪的是，听到他的话，我想把这个想法付诸实践的意愿反而更强烈了。

克洛德　　你是什么时候决定这部电影要由尹静姬这位演员来出演的呢？韩国的观众对她很熟悉吗？还是也有

一代观众对她不太熟悉?

李沧东　　也许二十多岁的年轻观众不太了解演员尹静姬。韩国电影世代间的断层很深。我在一开始，也就是构思这部电影的主人公是一个独自抚养外孙的六十多岁的女性时，脑海中想到的演员就是尹静姬。这种想法似乎是理所当然的，很自然地就产生了。她已经有十五年没有演戏，这种事一点也不重要。主人公的名字是美子，演员尹静姬的本名也是美子。不是剧本有意这样设置的，而是两者的巧合。

克洛德　　你是什么时候想到痴呆症这个素材的? 美子在田地里遇到熙珍母亲的时候，是不忍说出那些话，还是忘记自己要说的话了?

李沧东　　"痴呆"是我在想到"诗"这个片名，还有人生第一次写诗的六十多岁的女主人公，也即独自抚养十多岁男孩的老奶奶的同时想到的一个单词。她在学习写诗的同时，开始遗忘一些单词。痴呆症非常明确地暗示着死亡，而死亡又让人思考留下的东西和离开的逝者之间的关系。在去田地里见死去少女的母亲时，美子沉醉在田野的美丽中，产生了诗的灵感。但是当她见到受害人的母亲时，又忘记自己是为什么而来了。这当然是痴呆症的缘故，忘却就是这么残忍。而同时，她忘记来的原因也是出于她的"诗"。诗有时会让人忘记现实。

克洛德　　开诗歌讲座的诗人从不教授写诗的技法，而是说着在日常生活中对诗应该有何种态度。其中，他非常强调"仔细看"。在这一点上，可以将诗和电影结合起来思考吧？

李沧东　　是的。"仔细看"既对写诗很重要，同时对电影也很重要。有些电影可以给观众看待世界的全新角度，有些电影只能展示观众想看的内容，还有一些电影里什么都看不到。

克洛德　　通过诗歌讲座和爱诗者聚会等情节设置，诗成了这部电影的中心主题。同时，我认为电影的结构本身也和诗有很多关联。比起导演你的其他电影作品，我更喜欢这一部，就是因为连接瞬间与瞬间的关系的流动性。我可以称之为"开放"电影吗？

李沧东　　从最开始构思的时候，我就打算把这部电影拍成像诗一样有很多留白的电影。那些留白可以由观众来填满。从这一点来说，可以说这是一部"开放"电影。

克洛德　　也可能是同样的原因，你在电影中把可以算得上最重要的部分留出了空白（blank）。美子最后一次和外孙小旭打羽毛球时，曾在诗朗诵聚会上说过荤话的警察朴尚泰带走了小旭，美子看上去仿佛预料到他会来一样。是美子向警察揭发了外孙的罪行吗？但为什么不向观众明确地展现这一点呢？

李沧东　　这既是美子的秘密，也是这部电影的秘密。如何解读这个秘密是观众的事。美子应该不想对任何人说自己的秘密。但是，确实有几处暗示（也许很充分）。比如她一个人在餐厅外面哭的时候，那位警察守候在她身边；外孙被警察带走的那天，她突然给外孙买比萨，让他洗澡，并亲自给他剪脚指甲，叫孩子的母亲来，等等，但我不想直接表现这些。我想把这些用一种像中世纪欧洲曾流行的道德剧（morality play）[5]的方式展现给观众，这是一种让观众来选择戏剧结局的形式。就像这种戏剧一样，《诗》的观众也要在电影的留白前同主人公一起做出某种选择——必须做出道德选择才行，就像一种隐藏的游戏。当然，这个游戏太过隐蔽了，观众也许都没察觉到。

克洛德　　美子和会长发生关系的场景中，美子在那个时候已经想好要向会长要钱了吗？虽然在我看来，要钱的想法好像是后来才产生的……她是决定在自己死之前给会长一份"礼物"吗？

李沧东　　美子是以何种想法、何种情感对那位年老的高大男人施以"慈悲"的呢？无论如何，在下定决心之前，她在少女投身而死的江边淋着雨，思考了很久。无比深沉而复杂的思绪缠绕着她。她想着将少女逼向死亡的不成熟男孩们的性欲，还有另一个老年男人的性欲，后者请求她最后满足一次他的男性欲望。而也许很矛盾，她满足了老人的愿望。也许那是出于纯粹的同情。但是后来，她又向老人要钱，自己践踏了自己的行为。虽然很悲伤，但那对她来说是无可避免的选择。

克洛德　　我认为这部电影中有视觉上的回声。比如花，特别是红色的花，会让人联想到血。美子家的厨房里有一个洗碗池，美子看着洗碗池，诗歌讲座时也出现了"洗碗池中也有诗"这样的台词，就像诗中的押韵一样。同样，美子掉进江水中的帽子让人联想到少女的自杀，那让我想起电影第一个场景中顺着江水漂来的尸体。

李沧东　　正如您所说，红色的花和血相关。美常常和肮脏相连，而且看起来漂亮的花很多时候是假花。掉进江水中的帽子让人联想到少女的自杀，进而也暗示着美子自己的命运。

克洛德　　与这一点相关的一个问题，就是这部电影情节上的结尾也做了留白处理，美子只留下一首诗，而她最后去了哪里呢？在电影的最后，只有当观众听到她读诗的声音时，才感受到她的缺席，但无法知道她去了哪里。她最后是自杀了吗？

李沧东　　这一点也是我想让观众自己填补的留白，但也仍然有很多暗示。填满最后一个画面的流动的江水，以一种抒情的方式，暗示她接受了少女的命运就是自己的命运，还有她看待掉在地上的杏儿的想法，也表达了这种观点。

克洛德　　美子的命运与少女的命运重合这一点，和她最后写的诗的题目《阿格尼丝之歌》也有关联吧？朗诵这首诗的声音从美子渐渐过渡到熙珍，这意味着两个人物的融合吗？

李沧东　　阿格尼丝[6]是死去少女的洗礼名。也就是说，美子留在这世界上唯一的诗，是替那个少女写的诗。美子代替少女，替她将想留在这世界上的话说了出来。可以看作通过这首诗，两个人融为一体。

克洛德　　你曾说过，这部电影是"在诗逐渐消亡的时代"，对"诗到底是什么"的提问，也说过这亦是在电影逐渐消亡的时代，对电影的提问。那么，你对于诗的思考，反映在这部电影的结尾了吗？

李沧东　　我只是想向观众提问，这个回答完全取决于观众。不过，至少我对于诗的思考之一是，诗是我代替他人的情感和想法而歌唱的东西。如果有人问我为什么拍电影，我会回答："我是替你讲述你自己的故事。"

注释

1　威廉·德·库宁（Willem de Kooning，1904—1997），荷兰籍美国画家，抽象表现主义的灵魂人物之一，新行动画派大师。20世纪80年代，他被诊断患有阿尔茨海默病，患病后的几年里创作了300多幅抽象画，被艺术评论家誉为当代绘画中最优秀和敏感的艺术成就之一。

2　弗吉尼亚·伍尔夫（Virginia Woolf，1882—1941），英国作家、文学批评家和文学理论家，意识流文学代表人物，被誉为20世纪现代主义与女性主义的先锋。代表作有《奥兰多》《到灯塔去》《达洛维夫人》等。1941年在家附近投河自杀。

3　雷蒙德·卡佛（Raymond Carver，1938—1988），美国当代著名短篇小说家、诗人。《家门口就有这么多的水》收录于小说集《当我们谈论爱情时我们在谈论什么》，故事中也有一具漂浮于水上的年轻女尸，电影《银色·性·男女》（Short Cuts，1993）改编过该则短篇。

4　黄芝雨（1952—　　），1980年在《文学与知性》杂志上发表《为了没有答案的日子》等，从此登上文坛。获得过金洙暎文学奖、现代文学奖、素月诗文学奖。代表作有《鸟群飞越世界》《从冬天的树到春天的树》等。

5　道德剧，又名劝善惩恶剧、寓意剧。中世纪末舞台上用方言演出的宗教剧，是对道德和宗教问题的一种说教的寓言式处理，往往带有惩恶扬善的用意。善恶斗争和不道德行为的种种危险，是道德剧常见的两种主题。

6　Agnes，该女子名源自希腊语，本意为"纯洁、圣洁"。

附录

剧情梗概 × 故事大纲

李沧东电影作品年表

剧情梗概

　　序幕从某个江边的风景拉开。南汉江上游的某个江边。江水不停歇地涌来，可以看到江水两岸的森林与那头的群山，以及远处偶尔有车辆疾驶而过的破旧桥梁。可以听到水声、风声、鸟叫声等各种自然的声音。既平凡又祥和、也许称得上"诗意"的美丽。江边沙地上，几个孩子在玩耍，其中一个孩子呆呆地看着江水的方向。接着镜头跟随慢慢走向江水的孩子，可以看到一具尸体随着江水漂过来了。片名《诗》出现在银幕上。

　　南汉江上游穿流而过的某个京畿道的小城市。一个女人坐在医院的走廊里，看上去已经六十五岁左右了，但还是戴着帽子，打扮得像要去郊游的少女一般。"梁美子女士！"护士叫她的名字，她走进诊疗室，与医生面对面坐着。美子对医生说，她从几天前开始胳膊就有些发麻，但途中美子却突然想不起简单的单词。医生建议她去大医院做一次精密体检。

在城市一角的老旧平民公寓里，她和十六岁的初中生外孙宗旭一起生活。从很久之前开始，她就独自一人抚养外孙。女儿在几年前离婚后，把孩子托付给她，为了赚钱，住遥远的釜山生活，偶尔给她寄一点生活费。美子每个月从市政厅领取微薄的生活低保，有时也做上门护工或去餐厅打工。虽然是个年老、贫穷又孤独的女人，她却希望把自己打扮得看上去时髦一些。每次出门一定会化妆，围上围巾，戴上帽子。不久前，她还开始在市政厅文化院开办的面向市民的文学讲座中上课。听课的学员有二十名左右，小城市里上了年纪的不知名的诗人做他们的老师，要求在一个月的讲座结束时，每个人写一首诗作为作业交上来。美子平生和诗无缘，但人生中第一次，她想努力写一首诗出来。

一天，在去听文学讲座的路上，她听说几天前在江边发现了一具少女尸体。那个女孩和她的外孙宗旭在同一所学校、同一个年级读书，听说是自己从桥上跳进江中自尽的。美子问宗旭那个女孩是个什么样的女孩，知不知道她为什么自杀，但宗旭只是敷衍地回答她，即使读同一所学校也不认识。像泛起的水波逐渐平静，传闻也渐渐平息了，就像什么都没发生过一样，人们的日常生活依然如故。

美子为了写诗十分努力，但要写出诗来不是那么容易。该怎么做才能写出一首诗呢？美子绞尽脑汁也想不出应该如何开始诗的第一句。讲师金诗人说，为了写诗，"仔细看"这世上所有的东西非常重要。哪怕是一个苹果，也要长时间观察，观察苹果的影子，摸一摸，翻过来看，咬一口，想象着照射在苹果上的阳光。听着金诗人的话，美子长时间注视桌子上的苹果，也长时间盯着洗碗池里的盘子和碗，坐在公交车站看来来去去的人们，甚至好几个小时坐在树下。但她仍然没有获得诗的灵感。

一天，一个自称是基范父亲的人给美子打电话，说有事要和她见一面。基范是外孙宗旭每天都玩在一起的五六个学校朋友中的一个。基范父亲告诉美子关于不久前自杀的少女的事，让她震惊不已。那个女孩在死前的几个月里，一直被同校的几个男生施以性暴力，而宗旭就是加害者中的一个。

加害者的家长们聚在一起。六个加害者学生的家长中，除了美子之外，都是父亲出面。他们商议如何掩盖才能不让孩子们犯下的事对以后产生影响，就像什么事都没发生过一样。他们说，虽然很可怜，但死去的孩子已经无法挽回，现在该想想男孩们的未来了。因此他们决定不能让受害者家属报警或者把事情闹大。首先，要安抚死去少女的父母，需要凑齐赔偿金，每家至少要拿出五百万元。同时，为了不让外界知道这件事，学校的老师、警察、地方报社的记者等方面都要走动。

他们似乎认为只要不被别人知道，孩子们就可以继续过普通的生活。其实，孩子们的父亲是这个城市里到处可见的个体户、农业银行职员、民宿老板等没什么特别的普通人。孩子们是普通家庭长大的普通孩子。只要这次的事件不闹大，孩子们也会像他们的父亲一样成长为普通的大人。

其实，美子也以为自己的外孙是个普通的孩子。她无法理解自己家的孩子怎么会做出这样的事。自从上了初中，孩子的声音变粗，鼻子下面开始长出绒毛，和朋友们躲在房间里锁上门嬉笑，但孩子总归永远都是不会变的那个孩子。可现在，知道孩子做出的事后，她突然不知道应该如何对待这个孩子了。她不知该说什么，不知该怎么看他的脸。所以她什么也没有说，就像什么也没发生一样。就连对偶尔打来电话的女儿，她也没有说。到现在为止，这个孩子是她人生中唯一的爱和安慰。她总是为孩子做饭，常说看孩子吃自己做的饭的样子，对她来说就是最大的乐趣。但现在，她再也感受不到这样的感觉了。

为了知道精密体检的结果，她去了首尔的一家综合医院，然后被医生诊断为早期阿尔茨海默病。虽然现在看起来症状非常轻微，但慢慢会失去记忆，也会一点一点忘记单词。

"一开始您会忘记名词，然后渐渐地会想不起动词、形容词。您知道什么是动词吧？"

"是，知道。动词。"

她无力地笑了笑。但她对其他人隐瞒了自己的病情，甚至连自己的女儿和外孙都没有说，装作一切正常的样子。也许因为还处于早期阶段，外表看不出什么异常，但时不时她会经历自己都很无语的健忘。她从这些事上感知到可怕的信号，以后她会慢慢失去记忆，最终忘记所有事情。

从表面上看，这世界什么都没有改变。在一成不变的日子里，她不知道自己应该做什么。最要紧的事是尽快凑齐赔偿金五百万元，但美子没有能力弄到这么一大笔钱。她唯一能做的，就是偷偷寻找死去少女的痕迹。她找到女孩跳江的那座桥，站在女孩最后跳江自尽的地方，向下看着黑色的江水。她还去了孩子们的学校，找到犯罪的场所科学实验室看了看。少女当然也是个普通的孩子。她的洗礼名是阿格尼丝，是一对平凡农民夫妇的平凡女儿。

　　学校和警察方面看上去可以隐瞒下来，但受害者的家属似乎不想和他们和解。加害者家长要求美子去见见受害者的父母。他们认为，如果独自抚养外孙的可怜老太太去求情的话，受害者的父母也会心软的。

　　虽然不太愿意，但美子没有别的办法，只好去少女的家。基范父亲约好开车把她送到少女家。开车去的路上，基范父亲怎么看都对美子的穿着，尤其是帽子不太满意。因为美子的穿着不像独自抚养外孙的孤独而可怜的老太太。基范父亲把美子载到受害者家的前面就离开了。少女的家里没有人，美子在空无一人的院子里独自坐了一会儿，她看着悬挂在墙壁上的女初中生的照片。邻居女人告诉她，这家的房主去田地里干活儿了，于是美子往少女父母的田地走去。

　　慢慢走在安静而平和的乡间小路上，美子的心情变得轻松起来。她抬头看看天空，再环顾周围的树木，还摘下一朵路边的野花。秋天的阳光温暖地照射着，微风吹拂着她的头发。在这个环境里，似乎马上就能写出一句诗来。远处的田间，一个脸被晒得黑黝黝的女人正弯腰干活儿。"您好？"美子走近，向女人问好。女人也直起腰来回应她："啊，您好。""天气真好啊？""是啊，这天气适合干活儿。""这里真是个好地方。景色也很美……"她们围绕农活儿、乡村生活、农场收成等轻松地交谈。（也许女人把她当成了来这里散步的人。）聊了一会儿之后，她向女人告别，离开田地。"那你忙吧！""好，您慢走！"刚走出几步，她突然停下脚步。然后用充满震惊和恐惧的表情回头看，她这才意识到自己为什么来这个地方。

她无法向其他人解释她为什么见到了少女的母亲，却什么都没说就回来了。而且，现在她也无法再去见那位母亲了。宗旭朋友的父亲们催促她赶快交上赔偿金，她没什么凑齐钱的办法，却答应过几天就交钱。她仍然去听文学讲座，跟着金诗人参加诗朗诵会的聚会。但写诗还是很难。都说写诗是寻找真正的美，但自己眼前的日常生活里真的存在真正的美吗？她对这一点有些怀疑。

但她仍然为写诗努力。虽然时不时会忘记经常使用的非常简单的单词，但她长时间注视眼前看到的物件、人们、风景，在小本子上记下自己脑海中想到的单词，然后等待着金诗人说的"关在心中的诗会插上翅膀飞出来"。

最终，她凑齐了赔偿金，然后终于……完成了一首诗。

故事大纲[*]

序幕。

南汉江支流的某个江边。阳光下江水波光粼粼，不断向画面前方涌来。可以看到江水两岸的森林和那头的群山，以及远处偶尔有车辆经过的高桥。在水声、风声、鸟叫声等自然的声音中，传来了正在无忧无虑玩耍的孩子们的声音。江边沙地上，几个孩子在玩耍。其中一个孩子看向某处，慢慢走向江水的方向。一具穿着校服的女生尸体随着江水漂过来了。

片名《诗》出现在银幕上。

---

* 故事大纲（treatment）。如果说剧情梗概（synopsis）是不到五页（A4 大小）的精练版企划书的话，那么故事大纲就是在正式开始剧本创作之前完成的一个较长些的故事简介，主要作用是确认事件是否有逻辑地连接起来。故事大纲中包含具体的事件和作为故事核心的重要台词。

俯瞰远景。南汉江穿流而过的某个京畿道的小城市。画面一侧穿城而过的江水反射着阳光。可以听到警笛声。

医院等候厅的电视画面，新闻中是一个因失去孩子而哭泣的巴勒斯坦母亲，人们漠然地看着电视，美子坐在其中。美子看上去六十五岁左右，虽然她围着一条花哨的围巾，戴着帽子，但也不是一眼看上去觉得时髦的装束。

"梁美子女士！"

护士呼叫她的名字，她在诊疗室里和医生面对面坐着。医生问她哪里不舒服。

"胳膊发麻。就像那什么……像过了那个一样……哎哟，我突然想不起来了。我最近总是这样，那叫什么来着？"

她好像也觉得有些无语地笑了笑，直愣愣地看着医生。她指了指天花板上的电灯。

"那个……那样的……不是有那种东西吗？"

"电？"

"对，电！"

医生说稍微运动一下胳膊就会好转，但想不起单词的事，最好到大医院做一下精密体检。

美子一边和什么人通着电话，一边走出医院楼门。看起来像在和女儿打电话。

"我来医院看看。啊，胳膊有点发麻……来医院看一看。我一个人来的，你这死丫头。还有谁会陪我来啊？"

美子看到急诊室前正在哭喊的女人。女人看起来像四十五岁左右的农妇打扮，光着脚来回踱步，不停哭泣。她身后紧跟着一个看上去十一二岁的男孩，手里拿着她跑掉的一双拖鞋。

"……臭丫头……心狠的丫头片子……你怎么能这么狠心……"

女人嘴里不停发出的声音像哭声，又像莫名其妙的怪叫声。在围观女人的人群中，美子一脸惊讶。

美子走进市中心一家规模不小的超市。站在收银台后面的四十五岁左右的女主人问美子为什么迟到了，美子回答说去了一趟医院。

"已经打了两次电话来问了，问您怎么还没来……"

美子做出个假装害怕的表情，吐了吐舌头。女人给美子递钥匙，看着走上楼梯的美子，女主人给某处打着电话。

"爸爸，护工大婶现在上去了。"

超市所在建筑三楼的住宅是她做护工的地方。她每两天看护一次的姜老人，是至今仍被人们称呼为会长的当地名人，因为中风了，行动不方便。美子把姜老人搀扶到浴缸里给他洗澡，像对待不听话的小孩一样呵斥他。

"不要动，我让你不要动！你这么僵硬，我怎么洗啊？对了，对了！哎哟，做得真好！"

老人发出难以理解的声音。

"你说什么？"

老人再次用生气的声音说着什么。

"我……耳朵……耳朵好好的……为什么要大喊？"

美子无可奈何地笑了。

"知道了。对不起，我不会再大声喊了。"

美子继续给老人清洗身体。

一辆公交车停在破旧的平民公寓前的公交站，美子下了车。刚想往公寓走，就看到贴在公交站墙上的海报。海报上写着"你也可以成为诗人！"和"金龙卓诗人特邀文学讲座"的字样。

美子正在给外孙宗旭做晚饭。宗旭现在上初中三年级，是刚开始长青春痘的十六岁的年纪。狭小的公寓内部显露出贫穷而窘迫的生活现状。几年前女儿离婚后，把孩子托付给她，在遥远的釜山打工生活，偶尔寄来一点生活费。

"你白天为什么不接外婆电话？"

"为什么给我打电话？"

"那个……听说你们学校有个女生自杀了？跳进江里……所以想问问你……"

"问我什么？"

"她是个什么样的孩子，为什么自杀……有大好前程的孩子……"

但宗旭说不认识那个女生，连名字也不知道叫什么。

晚上，在公寓前的空地上，美子和宗旭在打羽毛球。美子每击打一次，就会发出有些吃力的声音，但仍然打得很认真。而小旭看上去没什么兴趣，打得很敷衍。

"喂！你打得有诚意一点！"

"真无聊。"

"那你也好好打嘛。外婆需要运动。医生让我多运动。"

一时间，黑暗的半空中只能看到白色的羽毛球一来一回。这时，小旭的手机响了，他停止打球，拿出手机查看，然后把球拍放在地上，转身跑了。美子大喊。

"喂，你去哪儿？"

"要去见一下朋友！"

"这么晚了还要去哪儿？"

但小旭没有回话，跑进了黑暗中。

在阳光充沛的教室中，金龙卓诗人（金诗人）正在讲课。这是在市政厅文艺会馆里开设的面向市民的文学讲座。大部分学员是三四十岁的女性，正用认真的表情看着金诗人。

"为了写诗，我们要仔细看。仔细看这世上所有的东西非常重要。"

这时，门开了，美子走进教室。金诗人一直等她落座，才继续讲课。他从口袋中掏出了一个苹果。

"大家活到现在一共看过多少次苹果呢？"

有人小声说："一万次。"

"一万次？一百万次？错了。大家活到现在一次也没有看过苹果。一次也没有！"

学员们不懂他的意思，只是认真盯着他看。

"到现在为止，大家并不是真正看到了苹果。只有真正想了解苹果是什么、对苹果感兴趣、想理解它、想和它对话时，才是真正看到了苹果。任何东西，只要真正看到了它，就会想到什么，自然地感受到什么。就像泉里积蓄起水一样。我们只需拿着纸和铅笔等待那个瞬间的到来。"

金诗人要求每个人在一个月的讲座结束时，都要写出一首诗来。美子看着诗人，脸上的表情有些兴奋。

晚上，美子在家中独自徘徊。她在狭小的客厅里走来走去，认真地观察客厅里的物品。她正按照金诗人的话，努力"真正地看"自己周围的物品，为了人生第一次写出诗。

门铃响了，小旭从房间里走出来。他的朋友们来了。

"朋友们怎么来了？已经这么晚了……这都几点了？"

"有事说才来的。"

"有什么事要说啊，都这么晚了……？白天混在一起还不够！"

门开了，一群孩子拥进来。一个两个……一共来了五个男孩，是每天都和小旭玩在一起的小子们。孩子们进来时一一和美子问好，然后全都去了小旭房间。美子跟在后面想打开房门，但门被锁上了。

"为什么锁门？"

美子转动门把手，敲了敲门。小旭打开一点门缝，伸出了头。从打开的门缝中，可以看到挤在房间里的孩子们。如果是平时，他们早就看着电脑嘻嘻哈哈地玩闹了，总感觉氛围不太寻常。

"你们在干什么还要锁门？你们肚子不饿吗？我给你们削个苹果？"

"不用管。干吗来烦我们？真的好烦。"

孩子再次关上门，美子坐在餐桌前开始削苹果。随着果皮被削开，苹果露出了白色的果肉。看起来很好吃，美子自言自语。

"比起光看着，苹果果然还是削着吃才对。"

美子吃了一大口削下来的果皮。真好吃。

美子坐在公寓前大树下面的平台上，抬头看着大树。小区里的老奶奶走过来，感觉很奇怪地看着美子，又抬头看了看大树。

"你在看什么？"

"看树。"

"树有什么好看的？"

"我想好好看看这棵树。看着树，感受树，树在想什么呢？树在对我说什么呢？"

老奶奶用一种完全听不懂美子在说什么的表情看着她，然后走开了。美子的手机响了。是小旭朋友基范的父亲打来的电话。

"啊，是……我知道基范。每天和我们家小旭一起玩的朋友……是，昨天还来我们家了……不过，你为什么给我打电话？有什么事吗？哦……现在不行……我要去学诗。诗，诗歌的诗……十二点结束。在文化院……好，那到时候见。"

文化院的教室里，金诗人正在讲课。

"写诗就是寻找美。我们要在眼前看到的这些事物中，在普通的日常中寻找真正的美。"

金诗人停下讲课。美子正举着手。

"老师，诗的灵感什么时候会来呢？"

"诗的灵感什么时候会来？"

金诗人说诗的灵感不会自己找来，而要我们主动去寻找。诗并不在远处，而在我们周围。

"我之前说过吧？洗碗池中也有诗……诗不需要从远处寻找。"

听着诗人说话的美子的脸，她看上去想努力找到答案。

美子上完课，走出文化院。在文化院小楼的入口，见到了基范的父亲。基范的父亲说小旭朋友们的父亲聚在一起吃午饭，让美子也一起去。美子不明情由就坐上了他的车。

美子问到底有什么事，基范的父亲回答说：

"总之，我们去了再说吧。到了那儿，您听听就知道了。"

可以俯瞰江景、视野极佳的某个餐厅，人们围坐在一起。除了美子之外，全都是看上去四十多岁的男人，她有些尴尬和不舒服。其他几个家长交换着名片，互相问好。秉镇的父亲是农业银行的职员，顺昌的父亲是民宿老板。家长们就到底是点两份海鲜汤，还是点一份海鲜汤、一份辣炖鲅鳙鱼吵吵嚷嚷的。钟哲的父亲是自来水公司的职员，看起来得赶快吃完午饭赶回公司去。

"随便点点就好，不要太挑剔了。我们又不是为了吃好吃的才聚在这里的……"

"那就开始说正事吧。"

"那就我来说吧。不久前，一个初三的女生自杀了，名字叫朴熙珍，家住在盘谷面，父母都是务农的……但她在日记里写道，从死前几个月开始，她遭受了同校六名男生的性暴力。"

美子沉默地听着，表情越来越僵硬了。她无法相信听到的这一切。宗旭和朋友们六个人是加害者，父亲们聚在这里，是为了讨论如何想办法掩盖孩子们犯下的事。他们说，虽然很可怜，但死去的孩子已经无法挽回，现在该想想男孩们的未来了。所以得拦着受害者家属报警或者闹事才行。首先，要安抚死去少女的父母，需要凑齐赔偿金，每家至少要拿出五百万元。同时，为了不让外界知道这件事，还要私下和学校的老师、警察、地方报社的记者走动。

美子沉默地从座位上站起来。人们看着她，但对话没有停下来。透过房间的窗户，可以看到走进院子里的美子。她独自认真地看着花坛里的鸡冠花，在小本子上写着什么。男人们无语地看着她。

基范父亲走向美子。她正蹲在花坛旁边，在小本子上写着什么。

"小旭外婆，您在写诗吗？"

"就是笔记……老师说要经常像这样记笔记。"

"您记了什么？"

"血……像血一样红的花……"

"确实像血一样红呢。"

"你知道鸡冠花的花语是什么吗？是盾牌。你看它长得像盾牌吧。保护我们的盾牌……"基范父亲无言地看着美子的脸庞。

那天晚上，美子做了咖喱，装在盘子里端上桌。坐在餐桌前看电视的小旭看着食物，发出不满的声音。

"啊，又是咖喱！"

"怎么了？你不是喜欢吃咖喱吗？"

"今天中午在学校吃的也是咖喱。"

"是吗？我不知道。"

虽然不满，但孩子还是搅拌好咖喱，吃了起来。孩子的视线仍然停留在电视上。美子也靠着水槽，无言地站着看电视。电视里播放着吵闹的娱乐节目。两人没有对话，默默看着电视。

第二天早晨，美子像平常一样送走小旭上学，然后走进孩子的房间。她一边收拾孩子的房间，一边四处翻看，但没有找到什么特别的东西。这时电话响了，是基范父亲打来的电话。

美子在市中心的一家茶馆和其他五名父亲一起，见了学校的教导主任。主任嘱咐他们注意不要走漏风声，还要尽快和受害者家属和解。

姜老人的家。今天美子也在浴室里给姜老人洗澡。姜老人用别扭的语气问美子是不是有什么事。

"什么事都没有。怎么了？"

"也，也不说话……脸为什么那样？像生气的人一样……你笑，笑一笑……"

"我不能笑。"

"为什么？"

"以前我一笑，男人们就会说不要笑，再笑就喜欢上我了。我一笑，所有人就都被我迷住了。会长您也是，我一笑就会被迷住。"

呵呵呵，姜老人笑了。

清扫完浴室的美子锁上浴室的门，脱掉衣服后洗澡。在淋浴喷头喷射出的水流中，她突然开始哭泣。虽然她强忍着不想发出声音，但还是无法抑制哭声。姜老人靠坐在浴室门外，偷听浴室里的声音。

美子走进教堂。可以听到混杂着风琴伴奏的音乐声。她在公告板前停下脚步，看着公告。上面写着"朴熙珍·阿格尼丝的安魂弥撒"，旁边放着一个不太大的相框。美子看着相框中的面孔，嘴唇厚厚的圆脸少女正注视着她。

美子走进正在进行安魂弥撒的教堂，她坐在后排的座位看向前面。神父主持着安魂弥撒的祈祷，遗属和其他参加者站起来一起祈祷。宽阔的教堂里，参加者只有寥寥几人，感觉很冷清。美子像要把自己藏起来一样躲在后排，独自看着这场弥撒。过道对面的女学生们看着她。

"主啊，请以慈悲安抚您的信徒阿格尼丝，治愈她的伤痛，救赎她痛苦的灵魂吧。"

"主啊，请听到我们的祈祷。"

"主啊，我们为爱戴您却早早离世的阿格尼丝恳求，请将她永远揽入您的怀抱。"

弥撒进行期间，一个女学生一直看着美子。美子从座位上站起来往外走。

深夜，美子在黑暗中独自坐在餐桌旁。她从座位上站起来，打开孩子的房门走进去。小旭正蜷着身体睡在小床上，美子把他摇醒。

"起来，起来！"

小旭睁开眼睛，看着美子。

"起来！外婆有话要说！"

孩子的脸皱成一团，揉了好几次眼睛，然后拉起被子蒙住头，转过身继续睡。美子抓住小旭的肩膀，用力拉。但孩子面向墙壁躺着，一动也不动。美子终于爆发出疯了般的声音。

"为什么那么做！你为什么那么做！"

那声音更像是哭喊。美子又开始拽被子，但孩子像岩石般坚硬，一动不动。沉默中，斗争在继续。只能听到像哭出来一样的美子粗重的呼吸声。她使出了全身的力气，却赢不了。她筋疲力尽，看着孩子出了一会儿神，走出房间。

美子独自来到了小旭的学校。因为是周日，学校里没有人。她走向事件发生的科学室。她往窗户里面看，脸贴在玻璃窗上。但除了模糊的一片昏暗，其他什么也看不到。

　　一家位于江边的咖啡厅里，正在举行诗朗诵会。咖啡厅一边设置了小型舞台，上面有人正在朗诵诗。美子走进来找了个座位坐下。舞台上站着一个看上去四十岁出头的女人，她胸前别着一个华丽的花朵胸针，正在认真地朗诵诗。像是她自己写的诗。女人朗诵完后，另一个人走上去开始朗诵。

　　赵美惠刚刚朗诵完，坐到座位上，美子走过去和她搭话。

　　"你的诗写得真好。"

　　"哪里，就是说来惭愧的水平而已。"

　　"刚才你说你才开始写诗没多久……你是怎么写出这种诗来的？"

　　"啊，这次比较简单，很自然地就写出来了。写了一行以后，我也没想到，后面的句子就像蚕丝一样，全都跟着出来了。就像我进入诗里游泳，像蝴蝶扇动翅膀一样，就那么写出来了。"

　　美子像小孩一样用认真的表情听赵美惠说话。

　　姜老人向刚走进房间的美子递了个什么东西。

"这是什么呀？"

"药，药……给我，给我打开……"

"药？什么药？怎么突然要吃药了？您哪里不舒服吗？"

"不，不是……给我打开就是了！"

美子抠出一片药片，和水一起递给他。她看着吃药喝水的姜老人。

浴室里，美子像往常一样用淋浴喷头给姜老人洗澡，然后往他身上涂肥皂。她的手涂完老人的后背，然后向下半身伸去。正在给老人下半身涂肥皂的美子，表情突然变得很奇怪。老人身体的反应很奇怪，她的视线投向老人的下半身，然后不由自主地发出惊讶的叫声。她像逃跑般直起身体，但老人紧紧抓住她的手腕。老人歪斜的嘴里艰难地发出声音。

"拜，拜……拜托你……"

结结巴巴像在哀求的老人，说希望自己还能再做一次男人。

"放开我……你把我当成什么了，竟然这么做？"

美子走出浴室，从卧室里把老人刚才吃的药片包装拿进来。

"这是那个吧？伟哥是不是……"

姜老人只是沉默地看着她。美子把毛巾扔给老人，衣服也扔给他。她说以后再也不会来干活儿了，让他自己看着穿吧。

为了获知精密体检的结果，美子来到首尔一家综合医院的神经内科。诊察室里女医生的身后摆放着一盆漂亮的插花。美子不由自主地感叹道。

"哎哟，是山茶花啊！"

医生抬起头看着美子。美子像解释一般，笑着说。

"我很喜欢山茶花。冬季之花，红色的痛苦之花……"

医生问美子。

"您一个人来的吗？没有监护人和您一起来吗？"

"我一个人来的……怎么了？"

"如果有可以一起听诊断的监护人会比较好……"

"怎么了？我的身体很差了吗？"

"从检查结果来看……患者您得的是阿尔茨海默病。就是我们经常说的老年痴呆。"

美子看着医生愣了一会儿，然后觉得很无语地笑着说。

"怎么会呢，我很正常！"

"现在看起来是很正常，因为现在还是非常早期的阶段。但是这个病已经开始了。现在您的症状还只是偶尔想不起一些单词……渐渐地会丧失更多记忆。一开始只是忘记单词里面的名词，以后连动词也会想不起来。动词，您知道吧？"

"嗯，动词……我知道。"

美子短促地笑了笑，但表情马上就僵住了。

"名词最重要嘛。"

"是吧？名词最重要吧？"

医生随口附和着说出来，这回是医生笑了。美子也跟着一起笑。她呆呆地看着窗边的插花出神。医生说。

"那是假花。"

美子从医院楼门出来，和女儿打着电话。但她没有把医生的诊断结果告诉女儿。

"什么，说我没什么事。就让我运动，加强运动。医生就是这么说的，还让我认真写诗。"

"医生怎么这样啊？"

听着女儿说的话，美子大声笑了出来。她坐上长途大巴，看着窗外的风景。透过宽大的车窗，可以看到鲜红的晚霞。美子从包里拿出小本子和铅笔，开始随意写着什么。

时光流逝，花朵凋零

字迹歪歪扭扭，几乎认不出来。

基范父亲开的练歌房的某个房间里，美子正在独自唱歌。基范父亲走进来，在一旁听美子唱完，然后为她鼓掌。美子恳求基范父亲借钱给她。她说自己哪怕在练歌房打工也会还钱的。但是基范父亲却说没有钱借给美子，练歌房里也没有美子能做的事。

　　"怎么办啊？看来只能抢银行了。"

　　"和小旭妈妈说说吧。您为什么不告诉她呢？您不是说和女儿什么话都说吗……不是说你们是永远的朋友吗……"

　　某条僻静的乡下公路。一辆公交车驶来，停下。美子从公交车上走下来。镜头跟随她走的方向横摇，可以看到新建成的大型混凝土桥梁。

　　美子站在桥的栏杆旁，茫然地看着江水下面远处的风景。听到鸟叫声，她抬头看天空。头发随风飞舞。过了一会儿，从桥上往下看。以美子的视点看到的桥下江水。垂直俯拍镜头。黑色的江水奔涌而下，从远处的混凝土桥墩中间流走。

　　风很大的江边，美子跨坐在一块小岩石上，从包里拿出小本子。她似乎是想记录下涌现的灵感。望向天空的她表情恳切，但没那么容易就得到灵感。空白的本子上突然砸下一颗雨滴，接着雨滴开始接二连三地落下来。

本子被落下的雨打湿了。雨滴落入江面，引起涟涟水波。

美子淋雨坐着。似乎像挨打一样，她接受着落在她身上的雨滴。

浑身淋得湿透的美子走进超市，超市女人看到她吃了一惊。

"您这是怎么了？大婶。"

美子伸出手。

"请给我里屋的钥匙。"

"您想继续工作？哎哟，您怎么改变心意了呀？"

美子没有回答她，只是伸着手。

姜老人的家里。美子打开门走进来，姜老人吃惊地看着她。美子一言不发地在抽屉里翻找着什么。

"找，找……找什么？"

美子不作答，只是继续翻找，终于从抽屉里面找到了药片。她从水壶里倒了一杯水，抠出一片药片，一起递给姜老人。

"请吃这个。"

美子把药片递到老人嘴边。姜老人张嘴吃了下去。

美子把姜老人搀扶进浴室，让他坐在浴缸里，然后脱掉他的衣服。男人顺从地被她摆弄。美子也开始脱衣

故事大纲

服。她和男人面对面坐在浴缸里，美子以跨坐在老人身体上的姿势慢慢移动。老人的眼中流下眼泪，美子用手擦去他的眼泪。

在顺昌父亲经营的房地产中介所的办公室里，美子见到了顺昌父亲和基范父亲。他们劝美子去见见少女的母亲。学校和警察方面，他们怎么都能压下去，但受害者家属好像并不松口。他们说，如果独自抚养外孙的可怜的美子这样的人去求情，也许那位母亲会心软。尚未凑够钱的美子只能接受他们的提议。

能看到破旧房子的典型农村的入口，基范父亲的车停下来。基范父亲对下车的美子说。

"谈完了您给我打电话，我马上就能过来。"

"我坐公交车回去吧。我看见那边有公交车站。离开的时候我自己能回去。"

"总之，您若需要就给我打电话。好好向对方求求情。现在全靠小旭外婆了，您明白吧？"

"嗯。"

基范父亲为了掉头倒着车，他探出身子说。

"您的衣服太艳丽了！和这个村子太不搭调了！"

"那怎么办啊？"

她像孩子一样哭丧着脸。

"那直接回去吗？等以后换个衣服再来？"

说完，美子自己也觉得有些好笑。

"都已经到这儿了，还怎么回去？总之，好好和对方说说，千万不要说刺激对方的话……知道了吗？您明白现在是什么情况吧？"

"……我努力看看。"

一户农家。狗窝上拴着一条狗，狗疯狂大叫，像要把链子挣断一样。

"打扰了！"

美子走进院子，环顾四周。大门开着，但房子里好像没人。她看着挂在廊厅墙上的相框。相框里是各式各样的全家福，其中也有看上去是熙珍的少女的单人照。起先美子只是远远望着照片，然后她脱掉鞋，走到廊厅的地板上。她走到照片前，低头仔细看。

"您找哪位？"

低矮的院墙那边，邻居女人面露怀疑地看着美子。美子说自己是来找这家主人的，邻居女人说她应该是去田地里干活儿了。

"要怎么去啊？"

美子去往邻居女人告诉她的地方。慢慢走在安静而平和的乡间小路上，美子的心情变得轻松起来。她抬头看看天空，再环顾周围的树木，还摘下一朵路边的野花。秋天的阳光温暖地照射着，微风吹拂着她的头发。在这个环境里，似乎马上就能写出一句诗来。在某棵树下，她突然停下脚步。地上掉了很多杏儿。她拿出小本子，蹲下来开始写着什么。

杏儿舍身投向大地
被摔烂，被践踏
为了自己的下一生

美子继续走路。远处的田地中间，一个女人正弯腰干活儿，美子朝她的方向走去。一个看上去四十五岁左右的农妇正在田地里干活儿，她的脸被晒得黑黝黝的。

"您好？"

美子走近，向女人问好，女人也直起腰来回应她。

"啊，您好。"

"天气真好啊？"

"是啊，这天气适合干活儿。"

"这里真是个好地方。景色也很美……我真想生活在这里。"

"是……生活在这里……可不太容易。"

她似乎把美子当成了来这里游玩的命好的城市女人。美子给女人看自己手里的杏儿。

"我来的路上还捡了杏儿。我看到杏儿掉在地上，想着它真的很急迫啊。它把自己的身体投向大地，摔得裂开口儿，被别人踩烂，然后准备着自己的下一生。我活了一辈子，今天还是第一次知道杏儿是这样的。"

农妇的脸上露出不知道美子在说什么的表情，她只是看着美子。

"今年农收怎么样啊？"

"那个……就那样吧。"

"今年是个丰收年，要多赚点钱才行……你说是吧？"

"丰收年的时候，粮食价格上不去……收成不好的时候，又有收成不好的难处……什么时候都不容易。"

"啊……不过希望你收成好一些。那你忙吧！"

"好，您慢走！"

美子对女人笑着告别，然后离开。刚走出几步，她突然停下脚步。然后用充满震惊和恐惧的表情回头看，她这才意识到自己为什么来这个地方。美子回过头去看，女人仍然在原地干活儿。现在时光也无法倒流。女人好像忽然看了看这边。美子赶快转过头，继续向前走，脸僵成了一块石头。

即使在这样的情况下，她仍然为写诗努力。但写诗很难。都说写诗是寻找真正的美，但自己眼前的日常生活里真的存在真正的美吗？她对这一点有些怀疑。但美子仍然去听文学讲座，也参加诗朗诵会的聚会。

咖啡厅里正在进行诗朗诵会。舞台上的人朗诵完郑浩承的诗后走下台，一个四十五岁左右的男人（朴尚泰）朗诵了安度眩的诗。朴尚泰朗诵完诗之后，说了一些荤话，逗得会员们哈哈大笑。上一次他也说了类似的笑话。美子对赵美惠说，在这种场合说荤话像是在亵渎诗。

"这里是爱诗者的聚会，喜爱诗不是应该寻找美吗？但他每次都讲那种话……就像在亵渎诗一样。"

"哈哈……亵渎诗？虽然他那样，但其实是很单纯的人。他原来在首尔警察厅上班，但因为揭发了警察之间的腐败，惹了不该惹的人，才被发配到这小地方来当警察。"

"是吗？和看上去……有点不一样啊。"

美子看着朴尚泰。

诗朗诵会结束之后，美子跟着参加了后续的聚餐。金龙卓诗人也一起参加了这个聚餐。在这个大家吃饭、喝酒的场合，美子问金诗人。

"老师，要怎么做才能写出诗来呢？"

那个提问太过突然，金诗人一时间有些慌张地看着美子。

"真的很难吧……写诗这件事……"

金诗人含糊地回答，但美子的表情却十分恳切。

"太难了。老师您上课的时候不是说过吗，每个人的心中都有诗……关在心中的诗会插上翅膀飞出来……我心中的诗真的会插上翅膀飞出来吗？我也可以写出诗吗？"

黑暗的餐厅院子。朴尚泰为了抽烟来到院子里。他发现院子另一边有个什么人，于是慢慢走向那里。美子正一个人蹲在院子一角哭泣。朴尚泰走过来，弯下腰问她。

"您怎么哭了，大姐？是有什么事吗？"

她没有回答。朴尚泰有些尴尬地站了一会儿，然后蹲在她旁边。

"是因为诗才哭的吗？因为写不出诗来？"

没有回答，只有抽泣声在继续。朴尚泰无言地等待着她停止哭泣。

周日上午的公寓前空地，两个女孩正在玩呼啦圈。一个孩子玩得不太好，呼啦圈总是掉在地上。小旭走过去，拿起孩子的呼啦圈给她做示范。小旭一边有节奏地扭动腰部，一边看着孩子们笑。那笑容看上去很纯真，孩子们也笑了。

美子从二楼客厅的窗户向下看着这一幕。

美子走进顺昌父亲的房地产办公室，打着招呼。

"哦，您来了？"

坐在沙发上的顺昌父亲和美子打着招呼，基范父亲也坐在那里，他们旁边坐着一个女人。

"打个招呼吧，小旭外婆。这是熙珍的妈妈。"

美子既震惊又慌张，但现在要走已经太迟了。

"……啊，您好。"

美子低着头打招呼。看到美子的熙珍母亲的脸僵住了。基范父亲介绍美子。

"这位是叫朴宗旭的孩子的外婆。上次您说去过熙珍家一次……小旭外婆非常心痛和抱歉，想去向您道歉，所以就找到您家里去了……听说没见到就回来了？"

熙珍母亲沉默地看着美子，脸上是完全无法理解的表情。一时间有些尴尬的沉默流淌在空气中。美子突然从座位上站起来，基范父亲吃惊地看着她。

"小旭外婆，您要去哪儿？"

她什么都没说，打开办公室的门走出去。好像想快

　　　　　　　　　　　诗 Poetry

点逃离一样，在她正要过马路的时候，基范父亲在后面叫她。

"您怎么来了又这么走了？那个……钱准备好了吗？"

"其实……我没凑够钱。我本来是来说这个的，担心你们在等我……"

"那可怎么办啊？现在真的很紧急了。我们和孩子妈妈说得差不多了，真的好不容易才把她请到这里来。那边那个记者帮忙搭的桥……听懂了吗？可您现在说没凑够钱，让我们怎么办啊？您没和女儿说吗？"

美子看向办公室的方向。透过玻璃窗，可以看到沉默地看着美子的熙珍母亲与之对视。两人沉默地看着对方。

姜老人家的客厅。今天不知是什么日子，老人的家人们久违地聚在一起。两个儿子夫妇和孩子们都来了。孩子们一个接一个亲吻坐在椅子上的姜老人。这时门铃响了，当看到来的人是美子时，所有人都很惊讶。

"那个，我有话要对会长说。"

美子看着姜老人，姜老人也看着美子。家人们默默地看着两人。然后美子跟着姜老人走进他的房间里。

美子在小本子上写了什么，递给姜老人。是那个她总带在身上记录灵感的小本子。

请给我五百万元。拜托了。请不要问我原因。

姜老人看了看小本子，然后又看了看美子，美子压低声音说道。

"我原本想说请您借给我……但好像不能那么说。反正我也没法还上。"

这次姜老人攥起圆珠笔，在美子的小本子上歪歪扭扭地写着什么，然后把本子扔到美子面前。

我为什么要无缘无故给你钱

女主人端来一杯果汁，放在美子面前，问她是来说什么事的。

"也不是什么特别的事……会长有笔钱没给我，所以我来了。"

"啊？有笔钱？什么钱啊？爸爸，您欠这位大婶的钱啊？"

姜老人没有回答。女主人走后，姜老人在小本子上写字。

你威胁我

"您怎么想都行。我不会辩解的……"

姜老人一边的脸抽动着。

美子来到房地产办公室。顺昌父亲、基范父亲等都聚在一起。美子递给他们一个装钱的信封。基范父亲打开信封看了看。

"全都是现金啊……您真的去抢银行啦？"

基范父亲说美子也准备好钱了，现在可以干干净净地结束了。美子虚脱了一般地问道。

"现在真的都结束了吗？……完全结束？"

基范父亲说虽然还不能说完全结束了，但应该没问题了。如果有人去报警的话，警察还是会立案侦查的，不过和学校谈好了，媒体那边也安顿好了，和受害者家属也都和解了，所以不用再担心了。美子听完这些话，从座位上站起来。

从房地产办公室出来，美子走在街上，在一家游戏厅前停下脚步，她走了进去。在游戏厅的角落里，小旭正和朋友们打游戏，美子走过去拽着小旭的胳膊往外拉。一开始还强硬的孩子乖乖地跟着她出来。

美子带着孩子去比萨店，点了比萨吃。孩子觉得外婆的举动有些奇怪。美子让小旭回家后洗个澡，还说明天他妈妈会来。

"妈妈为什么要来？"

"我叫她来的……你很久没见妈妈了吧？"

孩子再也没说话，只是埋头吃着比萨。

那天晚上，美子在客厅给小旭剪脚指甲。她唠叨着刚洗完澡的孩子没有好好搓澡。

"你看看，这里的污垢还没洗干净。不知道你有什么好舍不得的，还把污垢留在这里？嗯？人什么时候都要保持身体干净。身体干净了，心灵才能干净。"

她一边唠叨，一边还是细致地帮外孙剪脚指甲。孩子沉默地把脚伸给她。一时间只能听到剪脚指甲的声音——咔，咔。

晚上在公寓前的空地上，美子和宗旭在打羽毛球。一辆车开进来停下，两个男人从车上走下来。是朴尚泰和一个看起来是警察的年轻男人，他们站在旁边看美子和小旭打羽毛球。

"Nice shot！"

朴尚泰像在为美子加油，开玩笑般地大喊。美子虽然认出了朴尚泰，但没有打招呼。羽毛球越过美子头顶，挂在了树上。美子走到树下，想用球拍碰到树枝，让羽毛球掉下来的时候，警察们把小旭叫到一边说着什么。在此期间，美子仍然继续挥舞着球拍，想把羽毛球晃下来。终于，羽毛球掉到了地上，美子捡起球转过身，朴尚泰代替宗旭，拿着球拍站在对面。

"大姐！我来教您一招儿吧？"

他开玩笑地挥动着球拍，年轻警察带着小旭走向停车的方向。两人经过美子身边，美子和小旭四目相对，但两人什么都没说。年轻警察把小旭带上车离开了。美子沉默地和朴尚泰打羽毛球。在黑暗的半空中，白色的羽毛球来来回回。像什么都没发生过一样，两人在沉默中打着羽毛球。在黑暗中，只有白色的羽毛球无声地飞来飞去。

明亮的阳光透过窗户照进文化院的教室，金龙卓诗人走进教室，看到了放在桌子上的花。

"今天是最后一天，还给我送了花啊。谢谢大家，我很感动。"

"其实……花不是我们放的。是梁美子小姐放下又走了。"

"梁美子小姐？"

仔细一看，桌子上还放着一张白纸。金诗人拿起那张白纸看了看。

"她还写了诗。但是她去哪里了？"

没有人回答。金诗人问学员们还有谁完成了作业，但除了梁美子，没有人写了诗。

"写诗太难了。"

有人说。

"不是的。不是写诗太难了，而是拥有想写诗的心太难了。写诗的心！"

金诗人拿起美子留下的诗。

"虽然梁美子小姐不在这里，但我们还是一起看看她写了什么诗吧。我替她读。题目是《阿格尼丝之歌》。"

金诗人开始朗读诗。

美子的公寓内。只有微弱的阳光透过水槽上的狭小窗户照射进来，家里空无一人。能听到前门方向门锁打开的声音，美子的女儿打开门走进来。

"妈！"

她打开房门，但没有看到美子。她坐在餐桌前，用手机打着电话，虽然能打通，但没人接电话。她呆呆地坐在餐桌前。这时读着《阿格尼丝之歌》的美子的声音开始响起。

和美子的声音一起出现的很多场景。是美子经常现身其中的日常风景，但是那里却没有美子的身影。

公寓前的小块空地。美子曾为了获得诗的灵感而坐在这里抬头看树，孩子们正在空地上转呼啦圈玩。

美子经常坐公交车的车站前。只是今天没人在等公交车，显得空荡荡的。一辆公交车驶来停下，但没人下车。公交车又开走了。

学校操场。从操场一侧看去，操场对面的教学楼里空无一人。

　　美子的声音变成少女的声音。

　　走廊。可以听到上课的声音。孩子们吵闹地笑着。镜头像某人的视点一样靠近教室的窗户。透过窗户看到教室里面。孩子们正在大声跟读。少女的声音继续。

　　少女的村子。乘坐公交车看着窗外的某人的视点。可以看到一个和公交车一起奔跑的孩子（少女的弟弟）。他超过公交车，高呼万岁。

　　少女家的院子。在院子一角的狗。它好像在朝看不到的什么人开心地摇着尾巴，在原地不停蹦蹦跳跳，表达着喜悦。

　　新建成的高高的混凝土桥。镜头以某人的视点，慢慢靠近桥的栏杆处，少女的背影入画。镜头跟随在她身后。向桥下看去的少女的背影。以她的视点看去的桥下的黑色江水。俯瞰。她回过头的脸部特写。

　　江水。不停涌向画面近前的水流。
　　慢慢淡出。

李沧东电影作品年表

导演

编剧

制片

生日（李钟言，2018）

燃烧（2018）

道熙呀（郑朱莉，2013）

华颐：吞噬怪物的孩子（张俊焕，2013）

崭新的生活（乌妮·勒孔特，2009）

第二次爱情（金镇雅，2007）

密阳（2007）

副导演

想去那座岛（朴光洙，1993）

企划

我们的世界（尹佳恩，2016）

单身骑士（李朱英，2016）

华颐：吞噬怪物的孩子（张俊焕，2013）

道熙呀（郑朱莉，2013）

© 民主与建设出版社，2023

图书在版编目（CIP）数据

诗：原创剧本 /（韩）李沧东著；田禾子译 . --
北京：民主与建设出版社，2023.11（2024.3 重印）
ISBN 978-7-5139-4384-0

Ⅰ . ①诗… Ⅱ . ①李… ②田… Ⅲ . ①电影剧本—韩
国—现代 Ⅳ . ① I312.635

中国国家版本馆 CIP 数据核字 (2023) 第 195347 号

版权登记号：01-2023-5100

诗：原创剧本
SHI YUANCHUANG JUBEN

著　　者	［韩］李沧东		
译　　者	田禾子		
出版统筹	吴兴元	责任编辑	郝　平
特约编辑	刘　坤	编辑统筹	陈草心　梁　媛
装帧制造	墨白空间·曾艺豪	营销推广	ONEBOOK
出版发行	民主与建设出版社有限责任公司		
电　　话	（010）59417747 59419778		
社　　址	北京市海淀区西三环中路 10 号望海楼 E 座 7 层		
邮　　编	100142		
印　　刷	北京盛通印刷股份有限公司		
版　　次	2023 年 11 月第 1 版		
印　　次	2024 年 3 月第 2 次印刷		
开　　本	889 毫米 ×1194 毫米　1/32		
印　　张	9.75		
字　　数	165 千字		
书　　号	ISBN 978-7-5139-4384-0		
定　　价	88.00 元		

注：如有印、装质量问题，请与出版社联系。